2015. 11. 02 ~ 2019. 07. 27

괜찮다 1

탁승관 시집

상상미디어

차례

시집을 펴내며 · 06

Part 1

그저
아름다운 사랑이고
싶습니다

2015. 11. 02 ~ 2017. 09. 14

가을 둘레길 · 11

비 개이면 · 13

시장에서 · 15

구름처럼 흘러가나니 · 17

노가지 고개 · 19

비야, 멈추어다오 · 21

떠나자 동해바다로 · 23

휴가 중인 그대들에게 · 24

하루를 열며 · 27

가을님에게 드리는 고백 · 29

여름밤 양재천의 향연 · 31

덕풍계곡에 비가 내립니다 · 33

너를 기다리는 이유 · 35

독버섯 · 37

여름의 소리 · 38

가을의 희망 · 40

유명산! · 43

산이 있어 행복한 이유 · 44

선릉공원을 바라보며 · 46

Part **2**

스멀스멀
그렇게 사랑이
피어오릅니다

2017. 09. 18 ~ 2018. 08. 06

부모님 뵈러 가는 길 · 51
월정사 · 54
추석 이맘때쯤이면 · 56
달밤에 고향을 그리며 · 58
터미널에서 어머니를 그리며 · 60
하늘에 걸린 천사의 옷 · 62
여수 카페에 앉아 · 63
여유가 주는 사색 · 65
가을이 전하는 행복 · 67
사랑은 · 69
주왕산의 가을 · 71
구주령 · 73
10월 마지막 밤, 또 하나의 이별 · 74
가을 새벽의 서정 · 77
나를 아는 님들께 · 79
동해 바닷가를 거닐며 · 82
메리 크리스마스! · 85
새 밥을 지으며 · 87
인생 · 89
겨울의 시간 · 91
북한강 찻집에 앉아 · 93
세월은 그렇게 · 95
우리는 그리워한다 · 98
그리움의 정의 · 100
곰배령에서의 하루 · 103
행복감으로 물드네 · 105
중미산 제빵소 · 107
유명산 계곡 물소리 · 109
세월을 함께 한 검단산 잣나무 · 111
인생길 · 113
설악산에서 누리는 행복 · 116
울산바위 · 118
비가 내립니다 · 119
한여름 뜨거운 사랑의 열기 · 121

아야진항 · 123
대관령 양떼목장 · 124
태양이여, 가던 길 가시게 · 125
해후를 기다리며 · 127

Part 3

세월은
나와 함께
흐릅니다

2018. 08. 12 ~ 2019. 01. 27

가을이 오는 소리 · 131
비 오는 날 풍경 · 133
해인사 소리길 · 135
휴일의 시간 · 138
낙엽비 내리는 날 · 140
살아간다는 것 · 142
몇 번을 더 볼 수 있을지 · 145
첫눈이 내려와 · 146
내 고향 소치마을 · 147
남한산 둘레길을 걷다가 · 149
다시 그날이 또다시 온다하여도 · 150
12월의 상념 · 152
양수리 두물머리에 가다 · 154
지금과 같은 세월에 묻히길 · 156
아침의 아메리카노 커피향 · 158
즐거운 성탄절 메리크리스마스! · 160
매년 12월이면 · 162
기해년 새해 복을 기원하며 · 164
밤하늘에는 별님 달님 내님 · 166
세월은 그렇게 · 168
눈꽃 · 172
나의 사랑이 다가오려 합니다 · 174
나그네 되어 떠나는 산행 · 176
내가 너를 기다리는 이 시간이 · 178
세월은 나와 함께 흐른다 · 180

Part **4**

같이 갈 수
있음에
행복합니다

2019. 02. 02 ~ 2019. 07. 27

겨울밤은 잠 속으로 빠져들고 · 185
그대라는 꽃 · 187
봄날의 그대여 · 189
봄내음 · 191
어디로 가고 있는지 · 194
3월 봄날에는 · 196
봄 산책길 · 198
봄비 내리는 날 · 199
봄날이 나의 눈 속에 · 201
산벚꽃 지고 난 후 · 203
사랑하고 또 사랑하면 · 205
5월이 또 이렇게 · 207
내리는 비를 보며 끄적이다 · 209
봄날 오후의 커피 한잔 · 210
햇살의 사랑 고백 · 211
지금 이 시간이 행복하다고 · 213
시골의 여름 · 215
비가 내립니다 · 217
참 어지러운 세상 · 218
감기 조심 · 219
여름 아침 풍경 · 220
삶의 과정 · 222
하루의 끝 · 224
철새들의 비상 · 225
해 저물녘 공원 풍경 · 226
시작된 하루 · 228
한여름의 시작 · 230
남산 둘레길의 정취 · 232
또 하루를 살아내며 · 234
그대는 아는지 · 235
상념이 강물 되어 흐르고 · 237
시골마을의 아침 풍경 · 239
기쁨과 슬픔의 장맛비 · 242
자연이 주는 행복 · 244

시집을 펴내며

강원도 인제 산골에서 나고 자란 내게 자연은 친구이자 선생님이
었습니다.
봄 여름 가을 겨울 시시각각 다른 모습 다른 향기로 다가와 내게
속삭이고 나무와 풀과 꽃들을 보여주고 바람과 새소리, 계곡물소
리를 들려주었습니다.

넉넉지 않은 가정형편에 책을 사 볼 수도 없던 내게 문학청년의
꿈을 꾸게 하고 시심을 갖게 했으며 시를 쓰도록 가르쳤습니다.
시골을 떠나온 지 오래되었지만 눈을 감으면 그 모습 눈에 선하고
그 소리 들려오는 듯합니다.

교과서 외에는 시를 읽어본 적 없는 내가 시집이란 책을 처음 읽
은 건 12사단 군 복무 때였습니다. 혼자 있기를 좋아하다보니 부
대 내에 비치된 책들을 자연스럽게 읽게 되었고 나도 언젠가는 시
를 쓰리라 마음먹기도 했습니다.

하지만 사회생활을 시작하고 한 가정의 가장이 되다보니 일상에
쫓기는 빠듯한 삶 속에서 시는 차츰 잊혀져갔고 그렇게 정신없이
살아왔습니다.

그러던 2015년 어느 날, 나이 쉰 살을 훌쩍 넘긴 나를 발견하게
되었습니다.
퇴직 후를 염려하고 앞으로 어떻게 살아야할까 고민하며 생각도
많아지고 세상을 보는 눈도 달라진 제게 그동안 잊고 있었던 고향

의 자연과 시가 불쑥 제 눈앞에 어른거리기 시작했습니다.

나이 들어감이 서글프기도 하고 때론 우울하기도 하지만 일희일
비하지 않는 마음의 여유와 그동안 녹록지 않은 세상과 사람에 부
딪혀가며 터득한 삶의 자세, 그리고 자연과 더불어 세상을 관조할
줄 아는 눈과 마음이 길러졌으니 이 또한 인생의 작은 수확이라면
수확이겠지요.

이 시집은 자연에 대한 교감과 자연에 대한 찬사 그리고 그 속에
서 위로받고 힘을 얻은 제 자신의 독백입니다.
2015년 11월부터 21년 6월까지 산책길 출근길 또는 잠시 한가한
틈을 내 휴대전화에 기록했던 시들을 엮은 것입니다.

이 시들을 통해 가족, 친지, 친구와 선후배들이 잠시나마 자연 속
에서 마음의 평화와 안식을 느꼈으면 하는 바람입니다. 그리고 늘
나에게 살아갈 힘과 기쁨을 주는 나의 아내와 두 딸들에게 고마움
담아 이책을 전합니다.

서툴고 부족하지만 나의 첫 시집을 그대들에게 바칩니다.

2021년 여름
탁승관

Part **1**

그저
아름다운 사랑이고
싫습니다

2015. 11. 02 ~ 2017. 09. 14

가을 둘레길

2015. 11. 02

보도 위에
날리고 어질러져 흩어진 이파리들
걸어가는 발자국 소리와
공존하는 낙엽의 소리가
같이 있으면서도
같이 있는 것이 아닌
서로가 불완전하게 어울리지 못하면서도 어울리는

그런 관계를 인정하지 못한
발자국과 그리고 낙엽은
서로를 의식하듯
쫓기듯이 도망가듯이
어린아이가
담벼락에 여러가지 색상으로
그림을 그리듯이
도로변 낙엽은 그렇게 그림을 그리다 지우다 하면서
발자국 소리와 같이 걸어간다

대기에 부딪히는 소리는
스며드는 바람에 깜짝 놀라
새로운 이끌림과
그 느낌을 감싸는 기운이 화려하게 감돈다
계속 반복적으로
바라보는 햇살이 과한 애정으로
낙엽이 하나 둘 새롭게 만들어지고
만들어짐을 시샘하듯
소리없이 낙엽지는 소리와
낙엽이 구르는 소리가
지나가는 나그네의 발자국 소리에 운치를 더한다

새로운 창에
투영되어 다가오듯이
낙엽은 바람과 같이 가을의 향기와 같이
왔다가 다시 간다
그리고 또 다시 그 길 위
저편 그곳에서
다시 아리한 새로운 시작을
바람과 같이 낙엽은 다시 되살아난다
그리고 사라지는 낙엽과 발자국 소리

비 개이면

2017. 07. 15

어둠이 사라지고
하루가 열리는 하늘
밝은 태양이 숨어버린
회색빛 도시의 주말 풍경이
빗소리와 함께 새로운 시간으로 깨어납니다

빗물이 자동차 바퀴와의 부딪힘 소리가
바쁜 사람들의 일상으로 빨려들어가
메아리 되어 다시 돌아오는데
그들의 고달픈 한숨소리로 들립니다

그치만 희망은
새로운 시간을 기다리는
그대와 내가
나와 그대들이
우리 모두가 원하는 기다림에
다시 밝고 맑은 도시의 풍경이
새롭게 다가오고 있습니다

그리도 밤새 내리던
거친 빗소리가 잦아들고
회색빛 도시에 하늘이 열리고
밝은 풍경으로 변할 때
힘든 사람들의 고달픈 한숨소리는 사라집니다
그런 시간은 반드시
반드시 오기 마련

오늘
또 행복해 지려나

시장에서

2017. 07. 16

어릴 때
어머니 손잡고 가던 시골 5일장이
생각이 난다

시장에 가면
다른 생각은 없이
어머니께서 일 보시는 시간이 빨리 가고
점심 먹을 생각뿐이던 기억이
지금 새롭다

어머니와 같이
찐빵과 잔치국수
그리고 국밥에 순대를 먹던
추억이 그립다

오늘
어릴적 어머니 손잡고 가던
시장엘 아내와 갔다

늘 그러하듯이
일상적인 시장 풍경이지만
감회가 다르다

어릴적 시장에서 먹던
찐방과 국밥대신
잔치국수와 메밀전병에
치악산 막걸리를 시켜놓으니
이보다 더한 행복한 시간이 있을까 싶은
평화가 흐른다

이젠
늘 느끼는
하루의 새로운 시간이
너무 정겹게 느껴지는 이 순간이 좋다
그건 막걸리 때문이라는
생각이 드는 건
왜일까?

구름처럼 흘러가나니

2017. 07. 20

하늘이 열려진 사이로
흘러가는 뭉게구름을 바라본다
내 가슴 한켠에 고인
그대와의 포근했던 사랑과 우정이
구름과 함께 흘러간다

그대의 살아온 삶도
나의 살아가는 삶도
그 모두의 삶이
저 구름과 같이 흘러가고 있는 것을

하늘에 구름 위 어디선가
그대의 사랑과 우정이 담긴
달콤하고 감미로운 그대들의 목소리를
전해 들을 수 있을까

언젠가는 그대도 떠나고
나의 사랑하던 사람들도 떠나고

그리도 사랑했던 사람들이
모두가 떠나고
그나마 남겨진 여운도 모두 다 보내야 하는데
그리고 우리의 기억도 보내야 하는데

그대와 같이
그대들이 사랑을 나누던 그 자리
애틋한 사랑을
속삭이고 나누었던 그 자리가
이제는 자취도 없이
허공으로 사라져 버리고
그대의 사랑이
나의 가슴 한편에
아련한 그리움으로 남는데

저 하늘 구름 위에 올라
그대들 사랑의 속삭임을 들으며
사랑했던 그대들이 떠나가는 그곳으로
노을빛과 같이 흘러가고 싶다.

지금 이시간
우리는 살아 숨쉬고 있는 것만으로도
참 좋다

노가지 고개

2017. 07. 23

어릴 때 장날이면 어머니 따라 넘고
중학교 시절 등하교 때
늘 다니던 그 고개가
성인이 되었을 때
다른 곳으로 도로가 만들어져
먼 기억 속으로만 남게 된
그 고개

고개 정상엔
큰 정자나무가 있었는데
노간지나무였던가?

그 고개와 나무는
초등학교 운동장에서도 보이고
버덩말에서도 보이고
나의 살던 집에서도 보이고
느릅재에서 보였던

지금은
현리에 사는 철수도
횡성에 사는 완수도
양양에서 살고 있는 호일이와
성산에서 살았던 희택이도
그 고개를 넘어 다녔던

그 숲길 옆에는
어머니가 누워 계신다

그 고개에서 시작되는
계곡 사이로 흐르던 계곡물 소리는
밤새 같은 소리로
흐르는데

비야, 멈추어다오

2017. 07. 24

봄이 지나가고
여름이 온다고 했어
봄이 지나가고
무더운 여름이 온다고 했지
봄이 지나가고 나면
여름이 오기 전에 가뭄이 든다고 했나?

누군가
봄이 지나가고
여름이 오기 전에
가뭄 온다고
들은 적 있다네

그러게
정말로
비는 오지 않았다

다만

땅은 뜨거워지고
농부에 마음은 타들어가고
메말라가는 대지는 목마름에 울부짖다가
온몸이 부르터서
거북이 등이 되는데

저수지의 잉어는
내일을 기약하지 못한다는 불안감에 떨고
저수지는 속살을 보여주기가 부끄러워
빠알갛게 물들 즈음
비는 내렸다
그것도 너무 많이

저수지는 새로운 옷을 입고
강물은 황토 색깔의 옷으로 갈아입는다

이젠 그만
비가 오지 않았으면 좋겠다
여름엔 장마가 오지 않는 세상에 살았으면 좋겠어

떠나자 동해바다로

2017. 07. 25

비가 그치고 나니 더위가 밀려오네

중복이 어저께였다는데 복날의 더위가 대단하네

한동안 내리던 장맛비 어디로 갔을까?
수채화 같던 먹구름도 훈풍에 사라지고 더위만 남았네

따가운 햇살은 가로수가 가려주기 버거우니
비구름이 아닌 뭉게구름이라도 보내주렴

대지가 햇살에 데워져서 많이 힘들겠구나
그래서 땀을 흘리나? 스멀스멀 습한 놈이 다가오네

이놈들이 너무 보기싫어
보이지 않는 시원한 곳으로 여름휴가를 떠나야겠다

그래 떠나자
동해 바아다아로

휴가 중인 그대들에게

휴가입니다!

모든 이들의 꿈과 희망과 안식을 간직한 채
부푼 가슴을 가지고 떠나는 휴가
지금 이 시간 그대들 어디에 계신가?
시간이 허락이 되는 대로 떠나고 싶어 했고
그렇게도 가고 싶고 갈망하던 그곳 휴가지에서
멋지고 아주 멋진 휴가를 즐기고 싶었던 그대들은
가신 그곳에서 기대한 것처럼
신나고 즐거운 시간이 되고 있는지

부럽습니다!

휴가를 떠나신 그대들이여
휴가지에서 즐거운 시간을 보내실 때는
그대들이 사랑하고 좋아하는 사람들과
어느 곳이든
어느 곳에서든

자기만의 아름다운 색깔로
맑은 시간을 보내고
아주 많은 즐거움을 느끼는 시간 보내시기 바랍니다

무덥습니다!

많이도 더워져서
지쳐서 땀내 나는 바람과
태양이 너무 뜨겁고 무서워서
쫓기듯 어딘가에 숨어버린 구름 때문에
애써 침착해 보이려고 발버둥 쳐보지만
그 더위 속에 갇혀 헤어나지 못하고
절제하기 힘든 맥박 소리와 거친 호흡
버거워하는 심장이며
피로감은 뇌리 속으로 파고 드는데
이 더운 날의 몸부림에 솟구쳐 흐르는 땀방울로
피곤해질 즈음
우린 그 시원한 휴가지를 꿈꾸며 늘 그리워하고
또 그리워지나 봅니다

질문입니다!

휴가 기간 그대들은

즐거운 시간을 보내고 있는지요?
휴가를 즐기는 행복감은 어떤 기분인가요?
시원한 계곡 안 숲 속에서
그리고 시원한 해변에서
또한 전망 좋은 찻집에서
시원함을 마시는 당신
최고 멋지십니다

행복입니다!

시간은 가고
또 오고 지나가며
그 시간의 줄기에 등을 기대고
편안한 휴식을 즐기는 그대님들은
그 행복을 마음껏 즐기시기 바랍니다
세월이라는 아름다운 한 묶음을 추억으로 남기기 위해서는

하루를 열며

2017. 08. 04

아침이 밝았습니다
물론 태양은 떠오르고요
저 또한 잠에서 깨어났지요
굳이 일어날 이유가 없지만
이 아침의 문을 열고
새로운 아침을 준비하는
그런 사람의 기분을 아시나요?

그 기분은 당신은 모르셔도 됩니다
우리는 그저 그냥 아는 사이라고
그렇게 아시면 됩니다

의견이 다르고
생각이 다르고
느낌이 다르고
감정이 다르고
방향이 다르고
그 가치관이 다르더라도

우리가 함께할 수 있었다는 그런 관계는
너무 좋은 것 아닌가요?

나는 당신에 대하여
아는 것이 너무 없습니다
아는 것은 없지만
알려주실 당신이 있어 넘 좋습니다

이 시간
그런 당신이 있어서 행복합니다

전
항상
늘 그렇듯이
모든 이들에게
사랑하며 감사하며
그리고 너무 고마위하며
그렇게 생각하며 살고 싶어하는 까닭입니다

가을님에게 드리는 고백

2017. 08. 10

가을님이 그리 멀지 않은
보이지 않는 그 곳에서
소리없이 아주 살포시
다가오는 느낌은 나만의 착각일까?

아직은 8월 중순이라서
가을님을 맞이하기에는
기대하는 것이 빠르다고 하지만
가을님을 기다려보는 것이
나만의 욕심은 아닐 거라 생각됩니다

기다리다 지치고
기다리다 지친 마음이
너무 애처러워서
너무 가슴이 아파서
그 그리움에 목메어
오늘은 그렇게 비가 오나봅니다

하루 종일 흐린 날씨가 연속되지만
하늘과 저 먼 산등성이에 걸쳐 있는
넘실대며 흘러가는 비구름이
매료되는 풍경을 안겨주고
수채화 같은 운치를 선사해주며
가을님에 대한 향수를 불러일으킵니다

그렇다고 여름님이 보기 싫어서도 아니고
더위가 미워서도 아닙니다
너무 오랫동안 같이 있어 싫증나서도 아닙니다
시간이라는 흐름에
세월의 흐름이란 것에
같이 걸어가야 하는 숙명과도 같은 이 시간의 흐름이
세월의 흔적을 남기는 것이기도 합니다

비가 내립니다
걸어가는 발자국에
남겨지는 빗님의 흔적이
새롭게 새겨지는 시간입니다
빗님으로 가슴이 적셔지는 이 시간
나의 가슴에는 가을님이 오는 소리가 들리는듯 합니다

여름밤 양재천의 향연

2017. 08. 12

8월의 여름밤 어느날
양재천에 향연이 펼쳐졌다

영동6교 다리에서
울려퍼지는 음악소리는
다리 밑에 교각과 교각 사이에서
부딪혀 전해오는 오페라가수의
아름다운 멜로디가
양재천에 흐르는 강물을 춤추게 한다

며칠 전에 갑자기 내린 비로
양재천이 범람하여
어렵사리 설치한 무대도
한강으로 떠내려 가버려도
또다시 설치한 무대 위에서
펼쳐지고 있는 양재천의 음악당
그 열기가 대단하다

그동안 열심히 준비하여
무대에 올린
강남구민들의 여름축제인 "양재천하모니"

오늘 양재천의 밤은
강남심포니 오케스트라의
정제된 아름다운 음률에
산책길 주변에 숲이 춤추고
양재천 흐르는 강물이 춤추고
강남구민들의 마음도 춤추고

8월의 양재천
상쾌한 밤의 시간이 무르익고 있다

덕풍계곡에 비가 내립니다

2017. 08. 14

여름비가 갑자기
계속 내립니다
어렵게 준비하고 계획한
오지 중에 오지인 삼척 응봉산 자락
내가 찾아온 덕풍계곡에
비가 내립니다

힘들게 찾아온
어쩌다 찾아온 불청객에게
심술 부리는 듯
계곡을 보여주기 싫은 듯
찾아와 보고 싶어했던 이의 마음도 몰라주고
비가 내립니다

오랜만에
이 계곡을 찾아왔습니다
비가 와서 온몸이 빗물에 젖어도
내린 비에 계곡물이 불어나도

오고 싶어 찾아온 아름다운 둘레길이
길이 없어 갈 수가 없어도
지금 이 계곡 산장에서 느끼는 행복이
너무 좋습니다

산장의 돌배나무 몇 그루
가지가 휘어지도록 돌배가 달려 있고
돌배나무 옆 대추나무는
많이 달린 대추 열매 때문에
수양버들인 줄 알았습니다

그 산장에서 빗소리와 함께
돌배나무와 대추나무와 사이로 보이는
넘실대는 계곡물을 바라보며
감자전에 막걸리를 마시는 것이
산행 멈춘 어느 나그네의 심정을
충분히 달래줍니다

비가 내리는 탓에
여름휴가를 온 사람들이 발 묶인 산장에는
산등성이에 걸쳐서 오도 가도 못하는 안개구름과
계곡에서 들리는 빗소리와 개울물 소리가
여름밤을 따뜻하게 잘 익혀줍니다

너를 기다리는 이유

2017. 08. 17

하루가 또 지나간다

기다리다가
너를 기다리다가
오늘도 지나가는 하루의 시간을
막지 못한 채 떠나보내려 한다

너를 기다리다가
오로지 너만을 기다리다가
소리없이 지나가는 시간은
또 하루가 되어 노을진 석양과 함께 지고 있다

너를 기다리다가
내가 그리던 사랑도
어느새 강변 불빛 속으로 사라지고
바람은 불고 강물은 흘러도
하루는 그런 인생의 뒤안길을 돌아
소리없이 내 가슴 위로 지나간다

노을 속으로 사라진 하루가
어둠에, 산야에 묻혀
마을의 불빛마저 꺼져버린 뒤
너를 기다리는
그런 나의 사랑도
인생이라는 것을 깨닫지 못하고 지나갔다

나는 기다렸고
우리의 만남을 그리워하며
비가 오는 언덕길 어느 모퉁이에서
아직도 너를 기다리는 것은
우리의 운명이 너무나 소중하기 때문일 것이다

어둠이 하루를 묻어
저녁별들이 하루를 마지막 떠나보내는 것이
너무 슬퍼하며 흘리는 눈물을 보며
우리가 사랑이라고 부르던
바람부는 언덕에서 너를 기다린다

나는 오늘
지나간 하루를 보내고
다시 만나야 할 하루를 생각하며 기다린다

독버섯

2017. 08. 19

아름다운 자태
그뒤에는
보이지 않는 모습
감춰진
독
|
버섯

여름의 소리

2017. 08. 21

소리가 들립니다

살포시 들리는
자그마한 이 소리는
느낌으로도 알 수 없으리만치
숨바꼭질하듯이 살며시 다가오는
여름밤에 이 소리는 무슨 소리일까?

어릴 적에 가슴으로 늘
느끼지 못한 감성을
들춰내지는 않으려 하면서도
들리는 이 미묘하게 들리는 저 소리는
여치와 귀뚜라미에 소리일 것 같습니다

지금은 이 소리에 행복합니다
도로 저편에서 들리는
지나가는 차량들의 소음 속에서도
술래잡이의 숨결이 느껴지는

풀벌레의 아름다운 소리는
우리의 여름밤을 달래주려고
다독거리는 느낌의 소리인 것 같습니다

아쉬워합니다

그러나 시간이 흘러가듯이
여름이라는 계절이 지나가는 것을
붙잡지 마시고 그대로 두시자구요
여름 계절이 지나가면
새로운 계절인 가을이 다시 오듯이
그것을 아쉬워할 사람은 없을 것 같습니다

기다려집니다

새로운 계절을
기다리는 시간의 굴레에서
우리는 떠나가는 여름의 소리와
다가오는 상큼하고 시원한 가을의 소리를 기다려봅니다

가을의 희망

2017. 09. 01

새벽녘 어느 시골길
농두렁과 밭두렁에는
풀잎에 소복히 맺힌 이슬이 청아하다

아무도 모르게
아무도 없는 사이에
내려앉은 이슬방울은
젖은 잎새 사이로 가을이 다가왔습니다

밤새 울던
이름 모를 풀벌레 소리가
그리도 구슬프게 울더니
그 슬픔 그 서러움이
눈물이 되어 풀잎들 위에
이슬방울로 내려앉은 가을이 다가왔습니다

무덥디 더운 여름밤에
잠들 수 없었던

폭염의 긴 시간 속에서도
잘 참고 견디고 버틴 설움이
풀벌레들의 눈물이 이슬되어
풀잎이 젖어 있을 수밖에 없음을
이해할 수밖에 없었던 이유는
성큼 가을이 다가왔기 때문입니다

먼 산에 걸린
아침 햇살이 붉게 물들 때
소리없이 사라지려는 이슬방울들이
풀잎들 위에서 촉촉한 자태로 춤추고 있을때
신선한 바람과 같이 그렇게 가을이 왔습니다

밤안개가 걷히고 나서
이침이슬 머금고 자라난
들녘에 푸르른 식물과 곡식들도
뜨거운 햇살이 내려와 앉아
풍요로운 가을로 다가왔습니다

오늘따라 상큼하고 싱그러운 느낌으로
다가오는 시원한 가을 바람이
높아진 하늘 속으로 가을은 다가왔습니다

풍요로운 가을
좋아하는 사람들과
시원한 바람이 부는
경치좋은 공원 벤치에 앉아
가을이 오는 소리를 느끼며
즐거운 시간을 함께 했으면 좋겠습니다

행복한 사람들과
그리운 사람들과
모두가 좋은 일들만 만들어지는
모두가 사랑하는 그런 가을이 오기를 희망합니다

유명산!

유, 유명하다는 산이라서 산에 간 것은 아니지만
명, 명산임은 분명한 것 같아서
산, 산에 오른 오늘 기분 대빵 좋아!

유명산 정상에서는
지자체에서 단속을 함에도 불구하고
막걸리(포천이동막걸리)를
파는 주막집이 있어서
그냥 지나칠 수는 없어
시원하게
쭉 ~~~ 카~~!

산이 있어 행복한 이유

2017. 09. 07

내가 살고 있는
서울은 주변에 산이 많다

고단한 우리의 삶을
잠깐의 휴식으로
마음을 정화하고
어지러운 머리를 비울 수 있는 장소다

바쁘고 지친
힘든 직장생활을
열심히 하는 시민들이
쉽게 접근할 수 있는 산이 있어 너무 좋다

건강을 위해서
걸을 수 있어 좋고
복잡한 우리네 인생사
훌훌 털어버리고 싶을 때
사색을 즐길 수 있는 장소가 있어서 좋다!

이번 주에는 시간을 내어
가까운 남한산성에 가보심이 어떠할까?

산성에서 바라보는 서울의 풍광이
새롭게 느껴짐에 가슴이 설레고
산성의 둘레길 주변에는
오랜 시간 동안 산성을 지켜온
울창한 소나무 숲의 향기가 매력적이다

높고 푸른 하늘 아래
기분좋은 서늘한 가을 바람과 함께
산책을 하시는 당신은
가장 행복한 사람이 된다

선릉공원을 바라보며

2017. 09. 14

사무실에서
바라보는 선릉공원
맑고 높은 하늘이 푸르고
공원의 숲 전경이
오늘따라 깨끗하고 시원하다

따가운 햇살이
저 숲들과의 밀회 시간으로
따뜻한 사랑에 푹 빠져서
부끄러운 얼굴로 변해갈 즈음
선릉공원의 모습은
새로운 모습으로 다가오리라

9월의 한낮
따사로운 햇빛으로
반사되는 도시가 이채롭다

잠깐의 휴식으로

회색빛 건물 속에서
창밖으로 바라다보이는
선릉공원의 풍경은
커피 한잔의 향기와 같이
감미로운 모습으로 다가온다

Part 2

스멀스멀
그렇게 사랑이
피어오릅니다

2017. 09. 18 ~ 2018. 08. 06

부모님 뵈러 가는 길

주말에 시골에 다녀왔다
어릴 적 내가 살던 곳
그 곳에는 늘 그리워하는
부모님이 다른 세상에 계신다

해마다 이맘때쯤이면
일년 동안 고쳐드리지 못한
옷 매무새를 정성껏 만져드리는 시간
올해도 반가워 하시겠지?

올해에는 비가 많이 와서
계곡에 강물이 제법 많이 와서
돌다리를 건너야 하는데
건너뛰기가 버겁다

한 손엔 부모님이 좋아하시던 약주
그리고 안주 봉지를 들고
다른 한 손엔 부모님의

옷을 수선 하는 기계를 들고 메고
건너 뛰면 빠질까?

그래도 그전처럼
자신있게 건너뛰기로 했다
그런데 옛날같지 않은 모양이다
강물 속에 철퍼덕!
아이고… 부모님께 드릴 약주는?
그래도 몸은 빠졌지만 술병은 껴안고 있었기에
다행이다

옷 매무새 만져드리는데
조금 오래 걸렸지만
늘 같은 곳에서 뵙는
부모님은 조용하고 고요하다

햇살이 나무 사이로 지나가고
계곡 물소리는
풀잎에 부딪혀 흔들리지만
그 공간 속에서의 느낌은 같은 생각 그대로
찡하다

그리움의 당신을

보고픔의 당신을
뵙고 가는 시간을 뒤로한 채
시간나면 다시 찾아뵈리다
멋쩍게 인사를 하고
아까 철퍼덕하고 물에 빠졌던
한심한 사람이
생쥐꼴로 다시 온
돌과 돌사이 돌다리에는
아무런 일도 없었던 것처럼
계곡물이 말없이 흐르네

월정사

2017. 09. 23

월, 월정사
시간이 멈춘 듯
태고적 느낌이 그대로
살아있는 산사의 계곡은
너무나 살아있는 아름다움이다
상원사 주차장까지
아름다운 계곡 사이로
이어지는 트레킹 코스
몇 번인가 와보았어도
또 오고 싶던 선재길을
오늘 다시 찾았다

정, 정수리까지
시원함이 느껴지는
깨끗한 계곡의 맑은 물
가벼운 마음으로
시작된 산행은
계곡에서 불어오는 바람과

흘러내리는 실개천의 물소리에
신선이 따로 없는 것 같다
벌써부터 물들어가는 단풍잎

사, 사랑하는 사람과
같은 곳으로 가고 있는 이 시간은
시간이 멎은 듯 행복감으로 가득하다

추석 이맘때쯤이면

2017. 09. 28

설렘입니다
추석 명절은

무엇인가요
밀려드는 이 설렘은
고향에 가고픔 때문일까요?

명절 이맘때쯤이면
예전의 시골이 유독 그리웁기에
기억 속 그 모습이라도 떠올려보며
가지 못한 그곳을 향하는 마음 간절합니다

고향을 찾을 수 있지만
고향을 갈 수가 없다면
고향을 볼 수도 없다면
고향을 느낄 수 있도록
마음의 고향을 찾아가려합니다

지금은 모두 변해버린 풍경이라도
마음속의 고향은 그대로 남아있기 때문입니다

높고 푸른 가을 하늘이 열려 있는
시골길 차도와 둑길에는
들꽃과 코스모스가 하늘거리며
예전과 다름없이 그 자리에서 누군가를 기다려 줍니다

고개 숙여 알알이 익어가는
황금벌판에 곡식들과
누렇게 익은 호박 그리고 조롱박들이
가을의 향기를 진하게 전해주고
붉고 굵은 밤톨이
금방이라도 쏟아질듯 벌어진 밤송이를 보면서
고향을 찾아가는 사람들은
가을이 익어가는 향기를 가득 담은 그림을 그려봅니다

추석 명절은
고향을 찾아가는 사람들과
마음으로 고향을 찾는 사람들에게
언제나 가슴과 그리고 마음에
설렘을 가져다줍니다

달밤에 고향을 그리며

2017. 10. 02

서울의 밤은
그리 조용하지도 고요하지도
늘 그러하듯이
자동차 소리와 많은 사람들의 움직임으로 바쁩니다

가을의 밤은
별빛을 보고 싶어 하는
도시의 사람들에게는
아쉬움으로 밤새웁니다

그러나 오늘밤은
조용하거나 고요하거나
한적한 시골에서 바라다보이는
별빛 빛나는 하늘이 아닐지라도
시골의 밤 하늘에 반짝이는
빛나는 아름다운 밤하늘이 아닐지라도
서울의 밤도 빛나고 있습니다

도시의 밤은
자주 보이지 않는 별들과
느껴지지도 않았던 밤하늘 풍경이
시골에 가고자 하는 사람들과
고향을 그리워하는 사람들이
생각하는 마음을 만져주듯이
도시의 밤을 저 달이 환하게 비추고 있습니다

추석 명절의 밤은
별빛과 달빛으로 빛나는
아름다운 밤 하늘을 바라보면서
보고팠던 가족들과
수많은 이야기꽃을 피우는 시간들이 되었으면 합니다

오늘밤은
환하게 핀 저 달빛으로
고향에 가지 못하는 그리움과 아쉬움을 대신합니다

가을밤은 하늘에 걸린 달빛만으로도 아름답습니다

터미널에서 어머니를 그리며

2017. 10. 03

시골도 아니고
고향도 아니라도
추석 명절을 쇠기 위해
가족를 만나기 위해
찾아온 제2의 고향 대전

지금은 많이 변했지만
늘 당신이 마중 나오셨던
복합터미널이 현대식으로 변해 있다

항상 이맘때쯤이면
당신의 아들을 기다리며
터미널에 서 계셨는데

오늘은
기다리는 당신이 없는데
나는 그 주위를 맴돈다

분명히
그 자리 그곳에는
당신이 안 계실 줄 알지만
당신이 서 계시던 그 자리는
당신이 없다

허전한 마음
보고픈 마음
그리운 마음
어쩌지 못해
난 그저 터미널 주변에서 당신을 기다려본다

하늘에 걸린 천사의 옷

2017. 10. 05

가을 하늘이다

귀성길에 걸려 있는
새털구름

천사가 있다면
이런 옷을 입었을까?

여수 카페에 앉아

2017. 10. 06

여수다

비오는 날 여수 바다
어둠 속의 여수 밤바다

모습은
다르지만
바라다보이는 모습은
너무 아름다운 그림이다

돌산대교
거북선대교 사이로
지나가는 크루즈 여객선이
좀 낯설지만
느낌은 아주 좋다

돌산공원과
여수 앞바다를 가로지르는

해상 케이블카
쉼 없이 오고 가고

카페 듀
잠시 시간이 멈춘 듯
이곳 낭만포차 뒷동산 카페에서
아이스 아메리카노를 마시며
여수 바다를 눈에 담는다

여유가 주는 사색

2017. 10. 11

어느날
어쩌다가
살면서 잠시
짬 내어 쉴 수 있는 공간에서
여유를 가져본다

지난날
바쁜 시간으로
마음을 여유를 가질수 없었기에
뒤돌아볼 시간을 가질 수 없었던 현실에
아파한다

나에게 주어진 공간에서
채울 수 없는 아쉬움을 배고파하며
비워진 그 공간에 허전함을
채우려 채우려해도
마음에 메우지 못한 그리움을
달래본다

지금은
주어진 여유가 있다하더라도
사용할 줄 모르는 바보가 되었다는 것을
느껴본다

가질 수 있는
시간의 여유가
마음에 평화를 가져다줄 수 있음을
나의 시야에서 바라다보이는 모든 아름다움이
행복하다

나와 그리고 우리는
여유가 없다는 일정때문에
만들수 없었던 시간을 얻을 수 있음에
새로운 창으로 새롭게 보이게 되는 다른 세상에
기쁨을 얻는다

여유를 가져보는 시간
그리움을 달래볼 수 있었던 것이
바보가 되었음을 느꼈을지라도
바라다 보이는 모든 아름다움이
다른 세상의 기쁨을 가져다주었음에
감사를 드린다

가을이 전하는 행복

2017. 10. 13

동트는
새벽을 가르며
햇살이 찾아오는 날
걸음을 멈추고 햇살을 맞이합니다

화려한 의상을 입고
내려오는 햇살은
산마루에서 만난 나무들과 춤을 춥니다

당신이 나무들과 춤추는 동안
즐거움으로 숲의 흔들림이 보이고
내 가슴엔 그리움이 따뜻함으로 일렁입니다.

높은 산야와 기암절벽에 햇살이 기어오르다
넘어지고 미끄러져 곤두박질쳤을 때
당신의 화려한 의상 끝자락이
반짝이는 것을 나는 보았습니다

큰길로 휘돌아오면서
사랑스런 미소를 가득 머금은 햇살이
길 양쪽으로 늘어선 가로수 머리곁을
장난치듯 헝클며 지나쳐 나에게로 다가옵니다

당신을 위해 기꺼이 부르는
나무잎들의 소리없는 합창
황금빛 햇살 타고 울려 퍼집니다

지금 내가 느끼는 것은
따뜻하고 포근한 당신의 온기
아주 가까이에서 당신을 기다리다가 느낍니다

설레는 마음
눈감고 기다리는 나에게
사뿐이도 뛰어올라와 안기며
햇살은 살며시 나에게 속삭입니다
이제는 외로워 말아요.

햇살의 따뜻한 품에 안기어
행복한 미소를 짓는 당신은 가을입니다

사랑은

2017. 10. 21

사랑은
저 멀리에서 있는 것도
가까이에서 쉬고 있는 것도 아닙니다

사랑은
자그마한 관심과
작은 배려의 마음에서
스멀스멀 그렇게 피어오릅니다

조금의 그리움에
약간의 목마름은
변화되는 외로움으로 다가오고
그 외로움은 누군가를 그리워하고
그 그리움이 가득한 사랑으로 변해간다는 것을

넌지시 전해지는
아주 작은 감미로운 마음이
누군가에게 살며시 스며들어

아름다운 느낌으로 새로운 사랑으로 태어납니다

새로운 사랑은
아름다운 미소로
살며시 번지는 눈빛에
떨리는 마음이 전해지지 않을지라도
가슴속으로 소리없이 다가오는 뜨거운 사랑입니다

뜨거운 사랑은
감미로운 사랑은
이미 그대들의 마음속으로
이미 우리들에 마음속으로
모두의 가슴 깊은 곳에 메아리로 다시 되돌아옵니다

이제 그사랑을
마음속에 자리잡은 그 사랑을
아주 살며시 조금씩 음미하고 느끼며…

주왕산의 가을

2017. 10. 28

청송의 푸른 소나무
그대가 푸르른 소나무여라

청송은 그대의 마음이
이제는 고개 숙이려
푸르름을 이제는 보내리라
그대의 품에 안긴 황혼의 빛은
그대의 나이에 어울리는 황혼의 노을이어라

청송이 그대가 그리는
젊음의 아쉬움일까!
청송에 푸른 소나무 보러
주말 이른 아침에 출발한
국립공원 주왕산은 입구부터 시장터라

주왕산이 최고의 단풍철이라
등산객들과 행락객에 주차장은 초토화
그렇다고 하여도 보고 싶었던 단풍과의 만남은

마주보고 대화할수 있도록 만들어준 주왕산이 아름다워라!
그 아름다운 풍광이 그대의 마음속에 느끼는 그림이어라

주왕산은 등산을 즐기는 사람들보다
주왕산 계곡으로 이어지는 길목마다
단풍 향락 인파에 가을 단풍은
항상 늘 그대 가슴속 깊이 아름답게 익었어라

주왕산에 그대의 마음을
다 채우지 못한 아쉬움에 돌아오는 길
주산지에 들러
주왕산에서 보여주지 못한 다른 느낌
다른 농익은 가을 단풍에 그대의 가슴은 설레여라

구주령

2017. 10. 29

구, 구렁이 아홉 마리의 눈동자가
주, 주인을 기다리는 눈빛이 진주처럼 빛나는
령, 령동에 구슬같은 산봉우리가 너무나 아름답구나!

10월 마지막 밤, 또 하나의 이별

2017. 11. 01

10월의 마지막 밤은
매년 한 번은 어김없이 다가오고
이맘때쯤이면 으레 맞게 되는
가수 이용의 노래 가사를 음미하는 시간

가을은
쓸쓸하고 외로운 계절이라고
모든 사람들이 생각하고 느낄 때
노랫말은 새로운 느낌으로 다가와
우리 마음속으로 스며듭니다

10월 마지막 밤이
아프고 시리고 슬픈 의미의 시간이 될 줄은
미처 몰랐습니다

가장 순박하게
그리고 평범하게
어렵지만 세상 탓하지 않으며

성실하고 진실된 환경에 순응하면서
힘들지만 사랑에 힘으로 지금까지 살아온 당신이
지금 없습니다

나의 친구가
가장 필요했던 사랑했던 사람
친구가 의지했던 아름다운 천사가
하늘나라로 사라졌습니다

홀로 남겨질
친구가 외로워할까
천사는 떠나가는 모습을 보여주지 못했습니다
아니 사랑했던 이의 떠나가는 모습을
친구는 보고 싶어도 볼 수가 없었습니다

떠나가는 모습을
보고 싶어도 볼 수가 없었던 친구는
하늘로 사라져가는 모습을 차마 볼 수가 없어
마음이 아파서 가슴이 아파서 많은 눈물을 흘렸습니다

힘들고 어려운 삶을
둘이 하나의 모습으로
둘이 한 몸으로 늘 같은 곳으로 걸어왔던

동반자인 당신은 이제 내 친구의 옆에 없습니다

친구의 두 눈이 되어주고
지팡이가 되어 주었던 당신은
이제 하늘 나라에서 편안하게 지내셨으면 좋겠습니다

천사를 보내고
혼자된 나의 친구는
이제 어렵지만 홀로서기를 해야 합니다
앞으로 많은 어려움과 시련을 극복하기를
마음속으로 빌어봅니다

가을 새벽의 서정

2017. 11. 07

동틀 무렵
해님이 동산 위 나뭇가지 사이로
살짜기 얼굴을 내밀 때쯤
산골짜기의 내음은
산골마을 머렁길로 달려나가고
밤새 어둠을 감싸 안고
잠자던 계곡물 소리는
새벽을 알려주는 노래를 부릅니다

어둠이 걷힐 무렵
계곡을 따라 한참이나
힘들게 산길을 휘돌아 돌아
바람에 얹혀 젖은 옷을 여미고
찾아온 가을의 소리는
나뭇가지에 사이로 보이는
햇살 받아 화사한 낙엽에 부딪힙니다

낙엽에 부딪혀

아우성치는 가을의 소리는
산 넘어 불어오는 바람소리와
밤새 오랜시간 동안 계곡을 흘러 내려오느라
지친 물소리에도 흔들리지 않고 아름다운 소리로 다가옵니다

해님의 따사함이
나뭇가지에 걸린 단풍잎에
부딪혀 빛나는 햇살과의 교감으로
기다리고 기다린 가을의 향기가
산골짜기에 퍼지고 있습니다

이른 아침 안개는
가을의 따뜻한 향기에 취하여
어둠의 포근함에 헤어지기 싫은 듯
해님 나무가지 그림자에 물든
아름다운 가을의 향수에 젖어듭니다

나를 아는 님들께

2017. 11. 15

사랑하는 님
당신의 말씀이 맞습니다
그리도 좋아했던 계절이
흘러갈 수밖에 없는 세월의 흐름을
바꿀 수 없다는 현실이 안타까울 따름입니다

그립던 가을님은
그리도 화려한 낙엽으로
아름답게 물들이다 지쳐서
소리없이 떨어지는 낙엽으로
가을바람과 사라져 버리고 말았습니다

이제 가시려는
가을님은 가시라 하고
오시려는 겨울님을 기다리렵니다

가을님이
아무리 아름답고

아무리 멋있다하여도
겨울님보다 더 좋을 리는 없다 하겠습니다

가을은 가을대로
겨울은 겨울대로
봄날은 봄날대로
여름은 여름대로
다가오는 느낌대로 맞이하기로 하시지요

다만 떠나갈때 아쉬움이
가슴으로 아프게 스며들더라도
새로움으로 다가오는 기다림의 떨림을
온몸으로 느끼는 시간으로 위안을 가지시지요

사랑하는 사람을
떠나보내는 것처럼
뼈 아픈 이별이라고 생각할 순 있어도
가을은 떠나가지만 다시 되돌아올 것이니까요

좋아하는 사람도
사랑하는 사람도
존경하는 사람도
그 모두가 내옆에 같이 있을 때 빛나는 것처럼

우린
보내지도 말고
헤어지지도 말고
따뜻함을 공유한 채
다가오는 겨울 옆에서 같이 걸어 가시지요

차가워진 공기에
감기 조심하셔야 할 듯 합니다

오늘도 바쁜 시간으로
하루를 보내시는 사랑하는 님
쌀쌀한 날씨에 따뜻한 차 한잔 마시면서
오늘 오후 시간을 후회없이 보내시기 바랍니다

나를 아는 님들께

동해 바닷가를 거닐며

2017. 11. 25

가을이 지나고
겨울이 다가오는
11월이 얼마 남지 않은
맑은 하늘과 푸른 바다가
아름다운 주말
따뜻한 바람이 시간의 흐름을
정지시킨 듯한 상큼한 오늘 하루
친구 딸아이 결혼식에 다녀오는 길

시원한 바다가 보이는
전망좋은 바닷가 호텔 웨딩홀에
축하를 하러온 하객 친구들이
모두가 반가운 얼굴들입니다

정말 오랜만에 보는 친구들도
모두가 세월의 흔적으로 아른거리고
딸아이 결혼식을 뒤로한 채
바다가 그리워 동해 바닷가를 거닐어 봅니다

바쁜 시간으로 지나간 시간이
바쁘다는 핑계로 보내어진 시간이
내가 가야하고 찾아가려고 노력하였던 시간이었나 봅니다

내가 가고자 하고
그리 되리라 믿어 왔던
내 영혼이 아름다운 자아를 찾지 못하여
힘들고 어지러운 사회생활의 시간 속에서도
항상 뜨거운 내 희망의 시간을 그리워하는가 봅니다

바라보이는
바다의 수평선이
그 끝이 어디인지를 모르고 살고 있는
우리 현실과도 같은 느낌입니다

그러나 하늘은 맑고
흘러가는 구름은 포근하고
바람은 새로운 느낌으로 다가옵니다

내가 만들려고 하는
만들어가는 시간과 충족된 삶은
흘러가는 세월 속에 멈추지 않고 늘 그곳에 있습니다

높지 않은 그곳에
깊지 않은 그곳에서
인지하고 다시 느끼는
내 인생의 길은 다시 시작됩니다

메리 크리스마스!

2017. 12. 24

즐거운 성탄절
하루 전 기쁨이 넘치는 오늘
하늘엔 눈이 아닌 비가 내립니다

다사다난
해마다 떠올리는 단어
올해도 우리에게 많은 일들이 있었습니다

행복을 주고 행복을 받고
사랑을 주고 사랑을 받고
축복을 주고 축복을 받는
이 세상 모든 이들에게 감사를 드립니다

다만
여러가지 이유로
아프고 힘들고 절망적인 일들로 인해
고통받는 분들이 너무 춥지 않은
하루가 되었으면 합니다

사랑과 감사함을
모두에게 드리고자 하였으나
드리지 못한 이의 가슴 아픈 마음을 담아
이 세상 내가 많이도 사랑하는 모든 분들에게
따뜻한 마음이 담긴 사랑과 감사를 전합니다

나를 아는
모든 분들에게
받은 만큼 감사하지만
감사할 줄 몰라했던 일들로 인해
다시는 아파하지 않는 한 해가 되기를 희망합니다

메리 크리스마스!
모두에게 즐거운 성탄절이 되시기 바랍니다

새 밥을 지으며

2017. 12. 29

잘 가시게
2017년이여!
당신은 고생 많았습니다

처음에
당신을 품은지
360여 일이 지나가 버렸습니다

새해
첫 날에
해돋이를 하면서
2017년 당신을
맛있는 밥으로 지어 놓고
맛있는 쌀밥인 줄 알고서 먹었지만
아직까지 무슨 맛인지도 모르고 먹었습니다

2017년 당신을
무슨 맛인지도 모르고 먹었다는 것입니다

뭔 맛인 줄도 모르는
몇 톨 남은 밥솥을 뒤로 한 채
바닥난 밥솥과 그릇을 설거지로 마무리하려 합니다

2018년
새로운 마음과 힘찬 기운을 담아
정갈하게 씻은 밥솥에
이 세상에 최고의 쌀로 밥을 지어서
2018년 365일 동안 먹을 맛있는 밥을 만들겠습니다

2018년
맛있는 밥! 당신은
내가 좋아하는 사람들
그리고 나를 아는 모든 분들과
모두 같이 둘러앉아서 맛있게 먹으며
365일 동안 행복한 시간이 되기를 희망합니다

건강하세요
사랑합니다
감사합니다

인생

2018. 01. 02

본인의 의견이
이 세상에서 가장 합리적인 목소리이고
가장 현명한 생각이라 치부하며
다른 사람에 의견은 나와 배치되 것이라 생각하며

자신이 가장 합리적이고
가장 최고라는 착각의 늪 속에 갇혀 있으면서
힘의 목소리를 보여주기 위해 노력을 합니다

현명함이 무엇인지는 모릅니다

설령 나의 생각과 바라는 이상의 현실이
받아들여지지 않는다 하여도
그것이 모두가 원하는 것이라면
수긍하고 헤아려 주어야 하는 것이
진짜 힘 있는 사람만이 할 수가 있는 것이지요

힘이 없다 보니 힘 겨루기를 하는 거지요

그건 자기 과신에
다른 것이 보이지 않음이요
다른 눈이, 다른 가슴이 없어서 입니다

지나가면 아무것도 아닐진대
목숨들을 모두 거기에다 쏟아붓습니다

이 모두가 본인에게 주어진 권한이 없어지면
왜 그랬을까 할 터인데
안타까운 일이지요

이 정도로 우리는 봉합을 원합니다
또한 그렇게 해야만 하구요
그렇게 된다면 다행이라 생각합니다

이런 시간을 가진 하루였다면
새로운 것을 배우는 하루였다 생각하고 느꼈다면
그건 그만큼 성장을 했다는 뜻입니다

다름을 배우고
새로운 것을 배우며 성장하는 게
바로 우리네 인생입니다

겨울의 시간

2018. 01. 23

춥습니다

소한이 지나고
대한이 지나가고
입춘이 다가오건만
겨울에 걸맞는 추운 날입니다

멀리 보이는 북한산과 남산 기슭에는
어저께 내렸던 겨울눈이
산벚꽃이 활짝 핀 것 같이 아름답습니다

날은 춥지만
우리들 마음까지 추운 것은 아닙니다

우리네 살아가는
인생살이가 힘들다 하여도
추운 계절 같아서야 되겠습니까?

어렵다 해도
힘들다 하여도
마음이 아프다 하여도
사는 것이 버겁다 하더라도
마음만은 따뜻함과 포근함을 잃지 않길
모든 이들이 그 마음 잃지 않길 간절히 기도합니다

추운 계절에
내가 좋아하는 친구
그 친구가 사랑하고 존경했던 아버님이
2018년 정월 초하루에 하늘나라에 가셨습니다
가시는 길이 얼마나 추우실까? 아니면 그곳은 따뜻할까?

친구의 마음 속에
그 아픈 가슴 속에 슬픔이 아련하게 남아
이 추운 겨울의 시간을 견디고 있습니다

이 추운 시간
이 계절이 지나가고
따뜻한 봄이 찾아왔을 때
친구에 가슴도
따뜻한 봄 햇살에 피어나는 아지랑이처럼
다시 온기로 채워지기를 바래봅니다

북한강 찻집에 앉아

2018. 02. 15

나른해지는 휴일
기분 전환이 필요할 때면
언제나 훌쩍 찾아가는
감미로운 휴식의 장소인 북한강은
갈 때마다 늘 다른 느낌이어라

강가를 달리다 눈에 들어온 찻집
외관 장식이 너무 근사한 곳
이쁘장하게 잘 꾸며 놓은 것 같아
몸이 마음을 따라 그곳으로 가고 있습니다

휴식은 마음에게 평온을 선사하는 일
밝은 빛이 들어오는 아늑한 창가가 좋겠습니다
찻집 안에 가득한
아메리카노 커피 향기가 너무 좋습니다

창 너머 바라다 보이는 강물은
추위를 견디지 못해 군데군데 얼어 있어

빙판 사이로 흘러가는 물결은
겨울바람의 출렁임에 얼음과 함께 일렁입니다

찻집의 향기로 느껴지는 감미로움이
흘러가는 강물에 물결과 같이
주변의 아름다운 모습과 대조되어
진한 파고처럼 가슴속에 아주 작은 떨림으로
들어와 앉습니다

먼 산야가
보여지는 풍경이
가져다주는 느낌을
새로운 기분으로 만들어가는 행복으로
마음속에 자리잡아 미세한 여운으로 다가올때
자그마한 마음으로 느끼는 풍요로움은
행복에 여운이 감돕니다

겨울이 사그라지는 소리가 들리고
추워서 힘들었던 긴 겨울시간 동안
얼어붙은 마음을 녹이고 따뜻한 봄을 맞이하는
우리 모두에 시간이 되었으면 하는 바람입니다

세월은 그렇게

2018. 03. 03

점 하나가
점 하나와 다른
또 다른 점과 점이 흘러서 간다

강물이 흘러가고
구름이 흘러가고
시간이 흘러가고 또 가서
세월이라는 시간과 같이 조용히 흘러서 간다

고요함이 잠든
어느 계곡 산장에서
이름 모를 산새들이
지저귀는 아름다운 소리에
아침을 깨우고 여명이 밝아오는
빛의 흐름이 가슴으로 스며드는 시간에

흘러가는
계곡의 물소리에

가만 가만히 귀기울여 본다

열리는
새벽의 소리는
지나치는 바람에 부딪히고
흔들리는 나뭇가지 사이로 다가와 들어와 앉는다

시간이 흐르는 소리는
계곡에 흐르는 물소리와
계곡 사이로 불어오는 바람 소리로
아침 햇살에 머금은 구름 속에 묻혀 산 뒤로 숨는다

하루가 시작되고
흘러가고 있는 시간 속에
또 하루가 지나가고 세월이 흘러가고
시간이 흐른 뒤에 우린 그 세월 속에서 묻혀
지나가고 다가오는 시간의 흐름을 느끼며 사는 것을

흘러간 뒤에 남는 것은
세월에 흔적으로 늙음의 모습이
흐른 시간만큼 높게 쌓여진 나이라는 것을
그나마 순화되고 정화된 정신 세계에 위로를 가진다

시간은
강물이 흘러 가듯이
구름이 흘러 가듯이
세월은 그렇게 나와 함께 조용히 늙어서 흘러가고 있다

우리는 그리워한다

2018. 04. 22

기다려지는 그 무엇인가를
우리는 그리워한다

소리 없이 다가와
기쁨을 모두에게 안겨주고
그들에게 밀려드는 행복한 미소로
오늘도 또한 기다렸던 너의 아름다움이
우리가 그리워하는 그 무엇인가가 너였어라

이제는 팝콘같이
터져 나오는 느낌의 소리가
들리지도 보이지도 않지만 사라지려는 너의 모습이
안타까워 다시 찾아보는

너의 팝콘과도 같은 모습은
시간의 흐름과 바람에 날려
흘러가는 샛강에 뿌려져 꽃잎 강의 물결로 흐른다

네가 떠난 나뭇가지에는
아쉬움이 묻어나는
연록의 푸른 잎들이 늘어만 가는데

이렇게라도
우리에게 보여주고 싶은
너의 소박한 아름다운 모습에
가슴으로 밀려드는 행복에 취하노라

이제는
행복한 시간과
그리움을 뒤로하고
멀어져가야 하는 네 모습을
오랜시간 아마 그리워하며 살아야 할 것 같다

내년에도
봄은 오겠지만 우린 또 그 무엇인가를 그리워하겠지

그리움의 정의

2018. 04. 30

그리움은
그 그리움을 그리워하는 사람과
그 그리움을 기다려주는 사람이
그 시간을 함께 공유 하고자 하는 사람들과의
행복한 꿈의 시간을 기다리는 것입니다

그리움은
때론 외로워하며
혹독한 고독한 시간으로
기나긴 어려움으로 보내지만
언젠가는 그 외로움이 삭혀질 수 있다는 생각으로
이 시간이 그리 헛된 시간이 아님을 알려주는 소중함입니다

그리움은
갈망하고 있는
그 사람들과의 그림자되어
새로움으로 태어나는 이 봄날에
피어오르는 아름다운 봄꽃의 향기가 되어

나와 그대 가슴속에 스며듭니다

그리움을
마음으로 느끼며
체온으로 전해올 때
행복한 사랑의 전율을 담아
오늘도 이 시간이 외롭지 않음을 알려주려
다가와 속삭여주고 그리움은 살며시 사라집니다

그리움을
머금고 사는 동안
지금껏 당신의 향기가 내 마음을 한껏 채워
그대 가슴의 심장 소리가 전해지는 듯 느껴지는 듯 합니다

그 느껴지는
따뜻한 사랑의 숨소리와 전율에
어지러이 사랑의 파도에 휩싸여
사랑의 섬으로 흘러가고 있습니다

그리움의 섬
거친 파도 속에서도
사랑의 마음으로 그리워하고
사랑의 마음으로 기다려주는 사람들이

아름다운 세상에 그리움의 사랑을 만들어 갑니다

그리움의 목마름으로
그리운 사람을 기다리고
그리워하는 우리들의 모습 속에서
사랑으로 피어오르는 당신의 모습을 그리워할 때
그리움 속에서 살아가는 우리들 모습이 참 아름답습니다

곰배령에서의 하루

2018. 05. 06

곰배령에는
하루종일 보슬비가
촉촉하게 내려와 앉습니다

진동리에는
곰배령에 가고 싶어하는
탐방객들이 하나둘씩 모여들어
고요한 시골의 아침을 깨웁니다

오전 9시부터
곰배령을 찾은 탐방객은
입장을 위한 본인 확인을 위해
조금은 지루하지만 거쳐야만 하는 절차이기에
차례를 기다려야 합니다

비가 내립니다
기다리는 사람과
우비와 우산으로

입장할 때 아수라장이 됩니다
오늘이 아니면
다시는 못 올 것 같은 느낌 때문일까?

질척이는
곰배령 산행길이
보슬비에 젖어드는 토양으로
촉촉해지는 산기슭의 샘물이 고와라

어쩌면 피어오르는
수많은 산야초들에게는
오늘같은 시간이 생일잔치일 것

보슬비는
진동리 계곡과
점봉산에 걸친 구름사이로
조금씩 보여주는 곰배령의 하루
젖어드는 내 몸도 산야에 핀 이름 모를 들꽃도
아마도 즐거운 시간이었을 것 같습니다

내일은
더 아름다운 꽃으로 피어나길

행복감으로 물드네

2018. 06. 10

회색빛 하늘에 가려진
6월의 주말 한낮 시간은
구름 속에 감추어진 태양에 속살을
보여주기 싫어 바람은 구름을 잠재우나 보다

잠깐이나마 구름 속에
몸을 숨긴 태양은
나에게 시원한 그늘을 주는 것을 알고 있을지

니의 시야에 걸친 소나무가
어느 산야 기슭 한가운데 바람에 운다

저, 뜨거운 태양을
보여주기 싫어하는 구름과 구름들도
수많은 거센 바람들이 다가와서 사라져 달라고
소리내어 외치건만 아무런 반응도 없이 지키고 있음을

뜨겁지 않음에 고마워해야 할

산행하는 모든 이들에게 시원한 그늘을 안겨준
저 구름에 감사함을 전하고자 합니다

나뭇가지에 걸린 바람 소리는
나뭇잎에 살며시 스며들고
나뭇가지에 앉아 지저귀는 새소리는
나의 가슴에 긴 여운을 남기건만

태양이 구름에 묻혀
불어오는 시원한 바람소리와
산새들의 아름다운 지저귐에
산행하는 산야가 행복으로 물드네

그런 시간
그 느낌을 즐거워하자
즐거움이 다가오는 행복감을
이 산야에 이 공간 속에서 모든 이들과 공유하고 싶음을

중미산 제빵소

2018. 06. 23 _ 01

중미산 제빵소가 있다
자주는 아니지만
중미산 막국수집을
가끔씩 시간 되면 다니다 보니
이제 그집에 맛에 익숙해졌다

양평 근교라서
지나가는 나그네들의
발길이 잦은 곳이기도 하다

물론 나처럼
주말이면 산이나 들에
개념없이 발길이 다다르는 곳이라면
가는 사람들이 길 가다 출출해 들려보는
그런 곳이 바로 중미산 막국수집이다

시골 같던 그곳엔
또 다른 맛과 향기

색다른 분위기와 느낌을 주고
그곳엔
새로운 맛을 만들고
나의 마음에 안정과 편안함을 만들어 주는
중미산 제빵소가 야심차게 문을 열었다

CAFÉ 중미산 제빵소
인위적인 정원이지만
주변에 산과 어우러져 운치 있고
커피의 향과 갓 구워낸 빵 냄새가
정오 한낮의 시장기를 한껏 자극한다

한가로운 주말
따가운 햇빛이 내리는 이 카페
시원한 바람이 불어오는 창가에 앉아
시간이 잠시 멈추고 있다

유명산 계곡 물소리

2018. 06. 23 _ 02

유명산 계곡의 물소리가
시원스레 힘차다

한낮의 더위는
계곡 속에 묻히고
물소리에 잠 재운다

복잡한 세상의 소리도
그 누구의 소리도
일상의 잡다한 잡념도 모두 잠재우는
물소리가 좋다

하늘조차 보이지 않을 정도로
우거진 산세의 숲에 어울림은
그 많은 새소리도 숨 죽여 우나보다

기분이 좋아질 것 같은
산들바람에 장단 맞추듯이

너른 바위를 타고 흐르는 물소리
시원하게 나의 가슴에 들어와 앉으니
맑디 맑은 정신 세계로 스며들어
몸과 마음이 정화됨을 느낀다

바람에 흔들려
나뭇가지 사이로
스며드는 따뜻한 햇살은
계곡에 떨어지는 폭포수에 투영되어
물보라 속에 비치는 햇빛이 아름다워라

지금 이 시간
가장 편안한 순간이다

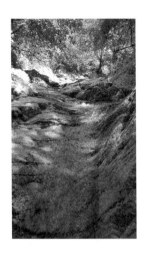

세월을 함께 한 검단산 잣나무

2018. 06. 24

아늑한 숲은
편안함을 안겨줍니다

검단산을
조금 오르다보면
대나무밭 같은 잣나무밭이
우리를 반겨줍니다

35년간
이곳을 오르내리면서
수시로 지나쳐가면서도
이리도 부쩍 클 줄 몰랐습니다

잣나무가
시간이 흘러 숲이 될 줄
전혀 모르며 지나간 시간이었지만
검단산을 찾아 이곳을 다시 볼수 있었던 것은
그리 얼마되지 않은 시간이었습니다

산에 오면 산이 좋아 오는 줄 알았지만
관심밖이었던 네가 기다리리라곤
전혀 나는 눈치를 채지도 못했습니다

너는 기다렸고
우리에게 시원한 휴식의 공간을 가져다줍니다

처음엔
민둥산이던 그곳이 어느새 이렇게 자라서
나보다도 작았던 네가 나보다도
한참이나 더 커버린 모습이
이리도 대견스러울 수가 없습니다

너와 너의 친구들이
어깨동무하고 있을 즈음
난 네가 만든 숲의 공간에서
이리도 편안한 휴식을 취할 줄 어찌 알았으랴

인생길

2018. 06. 27

우리는 어디로 가는 걸까?
정말 잘 가고 있는 것인지
이 길이 맞게 가는 것이지

사는 게 힘들다고
너무나 어렵다고

세상은
우리가 원하는 바가 아니라고
모두들 원망도 하고 한탄도 한다 하더라도

사회가 우리가 바라는 방향으로
가지 않는다 하여도 갈 수밖에 없는 현실을
모두는 인정할 수 밖에 없습니다
참고 인내해야만 합니다

눈에 보이는
길은 있지만

길이 보인다 하여도
갈 곳을 잃어 방황하는 흐려진 길을
우리는 걸어야 하는 것을

내 길은 어디일지
보이지도 않고 보여주지도 않는 그 길
어느 길로 가야하는지 우리 모두가 걱정이지만
그래도 희망을 잃지 않고 걸어가기로 하지요

참으로 걱정도 많고
괜한 고민도 많고
불필요한 가슴앓이도 많은
요즘 세상
왜 이리도 힘들어야 하는지도 모르지만
더 좋은 시간이 기다린다는 희망을 가지고 가다보면
마침내 편안함이 우리에게 오리라 믿습니다

지금까지 걸어온 길은
그래도 열심히 살다보면
걸어 왔던 과정의 결과가 좋아
그 결과에 행복한 삶의 보상을 가져다 주었습니다

요즘 돌아가는 세상이

너무 어지럽게 느껴지는 것은
몇 잔 마신 막걸리의 탓도 아닙니다

차라리 그렇게라도
막걸리의 탓으로 돌리고 싶은
우리들이 일상을 잊어버리고 싶은 현실이 아닌가 싶습니다

조금은 힘들더라도
포기하고 싶더라도
보이지 않는 길일지라도
다시 한번, 한번 더 깊이 생각한다면
지금보다도 새로운 길이 보일 수 있습니다

설악산에서 누리는 행복

2018. 06. 29

신, 신비한 절경과
흥, 흥미로운 설악산의 비경으로
사, 사색을 느끼고자

설악산
소공원을 지나
토왕성폭포
방향으로 다리를 건너면
명상에 길과 사색의 길이 있습니다

왼편으로는
토왕성폭포로 가는 길
하늘 위로는 권금성으로 가는
케이블카가 올라가고 내려가고
오른편 비선대 방향으로 가는 길로 접어들어
명상과 사색을 느껴보도록 하겠습니다

명상과 사색의 길 주변으로 둘레길을 따라서

맑은 개천이 흘러가고 있습니다

설악산 대청 중청 소청봉의 각 계곡 사이에서
모아 모아져서 내려오는 개천은
희운각 대피소부터 양폭계곡과 비선대를 지나
지금 이 사색의 시간에 맑은 물소리를 들려줍니다

사색과 명상의 길을
감성과 느낌으로 걷고 나면
갈증과 허기짐을 해소하고자
소공원의 목조 기와집 휴게소에 들러
먹으며 휴식을 취하는데
시원하고 편안하니 새로움과 즐거움이
공존하는 시간으로 만들어집니다

소, 소리없이 편안함이
공, 공존하는 소공원에서
원, 원 없이 오늘도 즐거운 시간이 지나가고 있습니다

울산바위

2018. 06. 30

울산암
울타리 같은 바위로 된 산이라 하여
울산바위라고 불리게 되었다 합니다

울, 울고 싶도록 힘들지만
산, 산이 좋아서 찾아온 울산바위산 정상을 올라
바, 바라다보이는 산야가 아름답습니다 즐거운 산행을
위, 위하여!

흔, 흔들거린다고 하여 흔들어보니
들, 들썩거리지도 않네
바, 바보들을
위, 위하여!

비가 내립니다.

2018. 07. 09

축촉히 내리는 초여름 비는
뜨거운 태양으로 뎁혀졌던 대지를
시원하게 적셔주는 느낌이 있어 좋습니다

하루종일이 아닌 간헐적이나마
내리다가 그쳤다가 하더라도
내려주는 비내림 소리가 시원하니 이 조차도 좋습니다

오후에 시간이 지난 후에도
어둠이 내리는 이 밤에
조용히 적셔주는 촉촉함을 느낄 수 있어 좋습니다

지금 이 시간에
비가 내리는 것을 좋아하는
사람들과의 교감을 가질 수 있다는 것이 좋습니다

밤에 내리는 비 소리는
좋아하는 그 어느 음악방송보다도

새로운 선율로 내 가슴에 다가와서 좋습니다

떨어지는
소리가 들리는 비 소리에

내려와 앉는
소리가 들리는 비 소리에

가슴속으로
촉촉히 와닿는 비 소리에

오늘 내리는 이 시간 비 소리는
또 다름의 시간으로
또 다름의 새로움을 만들고
아름다운 비 소리의 음율에 내마음을 맡겨두고 싶습니다

한여름 뜨거운 사랑의 열기

2018. 07. 15

7월의 주말 오후

따가운 햇살이 대지를 때리고
대지는 늘 말없이 받아주건만
오늘따라 기운없어 보이는 대지는
끓어오르는 열기에 흐느적거리는 가로수에 몸을 맡긴다

늘 그 옆에 가로수 길 위를
어떤 목적을 위해 걸어가려는 사람들이
뙤약볕을 피하려 가로수 그늘 아래 몸을 기댄다

하늘에는
흘러가는 뭉게구름이
간간히 태양의 길목에 서서
잠시나마 햇살 빛의 기운을 먹으며 먹으며 사라진다

햇살은
뜨거운 더움을

한 아름이나 안고 와
좋아하는지 싫어하는지
물어보지도 않고 나에게 너의 열기를 안겨주고 떠나네

태양이 선물한 열기는
대지와 입맞춤에
뜨거운 기운이 피어오르다 피어오르다 피어오르다가

7월 여름의 주말 오후 한낮
햇살과 대지와의 만남은
뜨거운 사랑의 열기로 식을 줄 몰라 땀을 흘리나보다

한 여름의 햇살과 대지와의 사랑으로 잉태한
더위와 뜨거움을 시원한 폭포와의 만남으로
사랑의 열기를 식혀주기를

아야진항

아, 아름다운 이곳 아야진항에
야, 야호라고 부르고 싶은 저 푸르고 푸른 바다를 바라
　　보면서
진, 진한 아메리카노를 카페에서 마시는 이 시간은
항, 항상 행복한 시간으로 다가옵니다

대관령 양떼목장

2018. 07. 21

대, 대자연의 대관령 양떼목장은

관, 관심을 가지고 있지 않았던 것이

령, 영영 후회할 뻔 했네

양, 양들이 귀엽고 사랑스런 모습으로 뜨거운 태양
　　아래에서도

떼, 떼지어 다니면서 풀 뜯는 귀엽고 사랑스러운

목, 목장의 아름다운 광경이

장, 장관이로다

태양이여, 가던 길 가시게

2018. 08. 02

시간이 지나면 시원해질 거라
생각하며 기다려 보렵니다

태양이
아침을 가르며 햇살에 기운을 받아
양날의 칼처럼 예리하게 파고들어와
무참히도 내려 꽂히는 빛의 날카로움에
대지는 통증으로 많이도 아파하는데

기다려지고
시간이 흐르고 흐르면 뜨거운 열기 또한 지나가리라

아침이 열리면서 떠오르는 태양이 주는
햇살의 따뜻함을 간직하고 싶었던 시간이
따가운 고통을 안겨주는 것을 몰랐습니다

먼 발치에서
오려던 바람도 멈추고

따라오던 비구름도 같이 멈추어
기다리는 마음만 그리움으로 남는 시간
애태우지도 말고 멈추지도 말고
헤메이지도 말고 가던 길을 가도록 붙잡지 마시게 태양아

8월의 어느 하루
따갑던 태양이 넘어가고
햇살에 데워져버린 지상의 모든 것들이
버거워 한숨을 내쉽니다

태양이 잠들어
바람소리가 들리고 바람따라 비구름이 다가와
지금 비오는 소리가 들린다면 행복한 함성이 쏟아질 겁니다

바람 소리도
비 오는 소리도 없이 비구름도 길을 헤메이는 시간

기다림은 없이
아파트 관리소에서 전기사용량이 과다하니
에어컨 사용을 자제하여 달라는 안내 방송이 들립니다

모두가
가을이 기다려지는 시간입니다

해후를 기다리며

2018. 08. 06

기나긴 시간 동안 어디에서
그리도 기다려보던 너이기에
오래간만에 만나보는 너를 보기가 낯설다
그것도 잠깐이나마
보여주고 떠난 너이기에 아쉽다

다시 만날 땐 좀 오랜 시간 동안 만났으면 좋으련만
아마도 기다리는 시간이 무색하지 않도록
자주 좀 너의 그 모습을 보여 주었으면 하는 바람이야

오늘 보여준 너의 새로운 모습을
반가움으로 가득 벅차오르는
기쁨을 간직하면서 다시 만날 날을 기다려본다

아침 나절 잠깐 내린 비
아쉬움에 반가운 해후가 벌써부터 기다려진다

Part **3**

세월은
나와 함께
흐릅니다

2018. 08. 12 ~ 2019. 01. 27

가을이 오는 소리

2018. 08. 12

동트는 새벽 햇빛이
아직 영글지 않은 네 모습은
잠에서 깨어난 지 얼마 안되어
아침에 세수하고 민낯 모습으로 다가와
환한 웃음으로
더 큰 뜨거운 모습으로 다가오는데
네 모습에
무척 당황하는 시간

밤이 은둔 속에서도
어제 화장했던 강렬한 모습으로
아직 너의 여운으로 온 세상이 온통 달아올라
아직도 그 뜨겁던
이글거리던 너의 눈빛에
이 가슴은 더운 숨을 몰아쉬는데

바람이 한 점 없는 오늘도
네 뜨거운 사랑의 표현으로

바라만 보는 것도 너무 부담스러워지고
부끄러움으로
빠알갛게 뜨거워지는 얼굴을 가리려
파란 하늘엔 아름다운 뭉게구름이 지나가는구나

여름에
온통 뜨겁던 너의 사랑은
파란 하늘 속으로 서서히 사그라져서
다가오는 바람과 구름에 가려지려는지
수줍어 하는 네 모습에
가을이
오는 소리가 어디선가 들리는 듯

비 오는 날 풍경

2018. 08. 29

도로 위 가로수 사이로
구르며 떨어지는
소나기의 파편들이
아스팔트 바닥에서 튀어오르며
솟구치다 떨어질 때의 빗방울의 터지는 소리는
오늘 오후의 시간을 울린다

저편 타이어에 깔린 듯
아파하는 빗물의 무리가
더 이상의 고통은 이제 그만
괴롭히지 말라는 아우성소리를 치며
지나가는 차창에 물보라를 분수처럼 뿜는다

지나가는 나그네의 눈에 보이는
그것들 향연의 몸부림은
그 시련이 너무나 아파하듯 밀려와
비가 많이 오는 날 오후 시간의 흐름은
나그네의 가슴속에서 눈물이 되어 흐른다

언뜻 언뜻 비추는
차량들 불빛 사이로
안개가 자욱한 짙은 도심에
뿌려지는 빗줄기는 더욱 거세지고
지나가는 나그네의 발길이 무겁게 느껴질 때
회색빛 하늘이 슬퍼 보인다

그렇게도 무덥던 여름날의 시간들이
촉촉히 내리는 빗소리에 묻혀
소리 없이 사그라지는 시간의 흐름으로
다가오는 소리를 살포시 먹먹한 가슴으로 느끼며

해인사 소리길

2018. 09. 26

길
소리길

해인사의 저녁 예불 종소리가
울려퍼지는 마을에 둘레길이
해인사 소리길일 것이라는 느낌으로

오늘 나 여기 해인사
소리길을 걸어본다

마음의 소리가
상념의 소리가
바쁨의 소리가
기쁨의 소리가
행복의 소리가
슬픔의 소리가
고독의 소리가
고통의 소리가

건강의 소리가
행운의 소리가
사랑의 소리로 승화되는
이 소리길에 아름다운 소리가 들린다

예불 소리도
목탁 소리도
법종 소리도 아닌
가야산 계곡 깊은 산야에 소리가 들린다

범종 소리와
예불 소리도
산새 소리와
바람 소리와
수풀 소리도

오늘도 늘 그렇게 흘러내리는
계곡을 따라 흐르는 물소리가
가을을 알리는 낙엽 소리와 함께 들린다

소리길에
풍경 소리가
산울림 소리와

수풀 내음 소리를 머금고
저녁 노을지는 소리에 반딧불이 춤을 출 때
귀뚜라미가 울다가 잠드는 시간이 다가오는데

가을의 밤이
익어가는 소리와
단풍잎이 물드는 소리
이 계곡에 소리 없이 다가오는 소리를
오늘 밤은 밝은 보름달님과 이 소리길에서
그 소리를 함께 듣는다

휴일의 시간

눈을 뜨자 밝아옴이 들어오고
숨을 쉬자 시원함이 느껴지고
일어나자 상쾌함이 묻어나는 휴일입니다

휴일의 시간은 한적함으로 물들어
시간의 넉넉함으로 행복이
스멀 스멀 밀려드는 하루가 됩니다

창문을 열자 시원한 바람
바라다보는 눈 속에 들어오는
가을에 내음이
가로수 낙엽이 익어가는 소리가
바람을 타고 너울너울 춤을 추며 지나갑니다

가을의 모습은
보도 위 발걸음에서
도로 위 나들이 차량에서
높디높은 파라디 파란 하늘에서

나의 눈동자 속으로 사르르 스며듭니다

가슴을 열자 시원한 가을에 바람이
마음을 열자 따뜻한 가을의 냄새가
상념을 하자 풍요로운 휴일의 일상 느낌이
내 눈을 감자 밀려드는 행복이
파도처럼 밀려옵니다

오늘 여운이 감도는
달콤한 휴일의 시간은 계속 흘러갑니다

낙엽비 내리는 날

2018. 11. 08

가을비가 보슬보슬 내립니다

어둠이 걷히기 전
새벽이 동트기 전부터
어둠의 공간을 살며시 달려와
가을비는 대지에 촉촉히 내려와 앉습니다

가을비 반겨주는 이 없는
스산한 느낌으로 오늘 이 공간
11월의 계절의 의미를 느끼게 하는 듯
지금까지 쉼 없이 내려와 가을의 외로움을 달래줍니다

빗방울들의 함성소리는
한적한 산기슭을 돌아 돌아
저녁 해 저물 즈음 굽이쳐 흐르고 있습니다

시냇강 넘실대는 물결을 따라서
강물 표면으로 배고파하는 송사리들이

지나치는 먹이를 먹기위해 솟구치다 떨어지는

그 물결 속 모습들이
가을비 내리는 도로 저편에도
빗방울이 떨어지는 모습 또한 같은 느낌으로 다가옵니다

오늘 내리는 가을비 소리들이
빗방울과 빗방울이 부딪혀 다가오고
가로수 사이로 떨어지는 보도 위에는
바람에 흩날려 떨어지는 낙엽들과 어울려
빗소리와 같이 나뒹굴며 속삭이는 소리가 들립니다

내리는 가을비에
바라다 보이는 가로수 은행나무는
노오란 은행 나뭇잎 낙엽비를 내립니다
도로 위에도 가로수 낙엽비를 뿌립니다

바라다보는 나그네의 모습도
낙엽으로 물듭니다

살아간다는 것

2018. 11. 15

바삐 돌아가는 일상에
나를 잊어 버립니다
내 안에 사람인 나를
누군지 모르고 살아가는 사람이 나일 것입니다
바보 같은 나의 그런 모습들을
뒤돌아보아야 하는데
뒤돌아볼 수 없음에 안타까워할 수밖에 없습니다

나에게 주어진 삶이
나를 잊어버리고 사는 삶이라면
정해진 대로 흘러가는 대로 살아야 하는 것이겠지요
그런 삶으로 살아가는 것이
잘 살아가는 것이라고
늘 생각하며 살았었나 봅니다

그렇게 살아가는 것이 이 세상에서
최선으로 살아가는 것이라고 알았습니다
최선을 다하여 잘 살아간다는 것이

어렵고도 힘들게 산다는 것을
알게 된지는 얼마 안되었습니다

이렇게 어렵고도 힘들게 살아간다는 것이
내가 살아야만 하는 내 삶이란 것을 미리 알았더라면
아마 이렇게 살지는 않았을지도 모르겠습니다

바쁨에 나를 잊고
잊음으로 힘들지 아니하고
그 잊음으로 열심히 살아왔나 봅니다

그러나 사는 것을
내가 만들어 갈 수 있다면
힘들지 않고 살아가는 것을 만들어 살았을 것입니다

어떻게 살아가는 것이
잘 살아가는 것인지 판단하기에는
아직 인생을 더 살아봐야 할 것 같습니다

지금껏 살아온 내 모든 삶의 과정이
잘 사는지를 모르고 살았던 것을
후회하고 아쉬워할 필요는 없다고 생각합니다

바쁜 일상에 빠져서 허덕이며 살아온
내 모습을 바라볼 수 있었다면
지금의 내 인생이 달라졌을까?

뒤돌아 보지도 않고
앞으로의 일들만 추구한
내가 바라보는 생각의 눈높이가
이기적이고 아집스럽지 않았을까?

정말 중요한 것들을
놓친 것은 없을까?

가끔은 휴식이 주어져야 합니다
휴식을 가질 수 있다는 것은
뒤도 돌아볼 수도 있다는 거니까요
또한 좌 우 옆도 돌아볼 수 있습니다

오늘도 더 나은 나를 다시 찾기 위하여
휴식을 가지는 시간을 만들어야겠습니다

몇 번을 더 볼 수 있을지

2018. 11. 17

아름다운 가을이 아쉬움 되어
내 가슴에 남아 맴도는데
붉게 물든 단풍잎들을
바라다보지 않는다면
너무 큰 아쉬움으로 남을 터
좀 더 오래 쳐다보며 느껴야겠다

얼마 남아있지 않은 가을의 모습에
외로움과 쓸쓸함이 공존하며
쓸쓸함과 외로움이 감도는
거리의 모습들을 바라보노라면

또 한번 이 계절의 굴레에서
이대로 가을을 보내버리기엔
목이 메일 정도로 가슴이 아프다

몇 번을 더 볼 수 있을지

첫눈이 내려와

2018. 11. 24

아침에 일어나보니
창문으로 보이는 하얀 세상
첫눈이다
온통 백색의 새로운 세상은
흰 눈이 점과 점들이 모여
사선으로 뱅뱅 돌며 내려와 앉는다

첫눈은 회색 하늘에 흩날리고
창문너머 흰 점들의 행렬
나는 눈 속에 가슴 속에 눈을 담으며
주말의 고요한 아침을 연다

내 고향 소치마을

2018. 11. 27

소치마을
고향의 소리가 들린다

지난 오랜 시간
만나고 싶었지만
만날수 가 없어 아파했던
가보고 싶어도 가볼 수 없었던
그곳이 내가 살던 고향이어라

언제나 늘
들어도 정겨운 느낌
언제나 보아도 또 보고 싶은 곳
그곳이 그립고 그립던 고향이어라

그곳은
언제나 그리움으로
달라짐이 새로움이 없어도
옛날에 살던 어린 시절의 모습들이

지금도 내 고향은 그대로 남아 숨쉬고 있어라

멀리에서도 느껴지는
그곳에 피어오르는 향수는
어느 곳에 있더라도 감미롭다
그 감미로움에 오늘도 취하노라

떠난 이 모두가
찾아가보고 싶고
찾아가 느끼고 싶은 그곳은
내가 보고 느끼고 싶어하는 고향이어라

사진 한 장에서
보이는 건물 풍경은
나의 어린 시절을 보낸 국민학교
그 뒤로 보이는 노간지 고개

저 고개를 다니면서 성장하였던
그 어린시절이 그리워진다
저 산야에 새록새록 피어 오르는
유년의 순간들을 지금도 느껴보고 싶어라

남한산 둘레길을 걷다가

2018. 12. 02

햇살이
따뜻한 시간

남한산
둘레길에서

한적한
비탈길 걷다가

숲 속의
불청객을 만나다

반가운
나의 등산길 친구

너는 누구니?

다시 그날이 또다시 온다하여도

그날 그때 이후로 난
작지만 아픔이 스며들어
수시로 가슴 한쪽이 먹먹해지곤 합니다

그날이 없었으면 하는 작은 바람
아마도 그 바람은
다른 날이 그날이 되었을 것입니다

그때가 없었으면 하는
작은 바람도 아마도 그 바람도
언제인가 그때가 되리라는 것을 알았습니다

그날 그때가 아픔으로 기억되고
가슴 한쪽을 내어준 먹먹함이
나에게 없었더라면 아마도 나는 조금은
성숙하지 못한 삶으로 살았을지도 모르겠습니다

이제 다시 그날이

또다시 그때가 온다 하여도
난 다시
나머지 한쪽에 가슴을 내어주고
그 먹먹함으로 새로운 인생을
배울 수 있음을 기다리렵니다

12월의 상념

2018. 12. 12

추위가 실타래모양 이어지는 겨울
영하의 산소를 머금고
호흡의 소리가 버거울 때
하루의 찬바람을 마주하는 시간

12월의 마지막 남은 달력은
이제 빛바랜 시간 속으로
의미 없이 서서히 사그라지는

올 한해 지나간 시간은
뜻 깊었던 날들로 기억되기에
이제 마지막 남은 시간을 보내기 아쉬워하며

지난 시간의 굴레에서
추억이 주는 아련한 갈증은
차디찬 얼음 속으로 들어가 갇혀 버립니다

그 갈증을 흰눈이 오는 날

따뜻한 마음이 하얀 눈송이를
녹여 그 흐르는 물로 갈증을 풀리라

지나간 값진 시간들로
2018년 한 해를 빛나게 하고
열심히 살아온 그대들이 있어 행복합니다

이제 새로움을 꿈꾸는
희망의 새로운 새해를 기다리는 시간입니다

차디찬 바람이 지나가고
추움으로 떨림은 잠시 머무를 뿐
따뜻하고 포근한 세상을 가져다 주려는
새로운 시간을 기다려봅니다

양수리 두물머리에 가다

2018. 12. 17

강과 강이
만나 두물이 되어
강변 호수마을 두물머리

낙엽이 지고
호숫가 갈대가 숨쉬는
둘레길은 초겨울에 느껴보는 새로운 느낌

같은 곳
같은 방향을 보고
걷고 싶은 사람과의 동행길에
온통 따뜻함으로 다가오는 햇살

강의 물안개는
자욱함 속에 신비한 자태로
강물에 멱을 감고 스멀스멀 피어 오르고

나는 그 아름다움에 매료되어

강 언저리에서 맴도는데
강이 두 개로 흐르다
두 개의 물이 만나 두물머리

남한강 북한강이 흐르다
두 물이 만나 한강이 되어
한강을 바라보는 두물머리
이곳 양수리 두물머리에는
강가 주변의 갈대들이
차가운 겨울 바람에 춤을 추고
오리 한 쌍의 속삭임에 귀 기울이다
아쉬워서 샘이 나서 갈대꽃을 흩뿌리는데

두물머리에서 바라다 보는 강물은
일렁거림이 햇살에 비추어 반짝거리며 흘러가고
아름다운 강변의 모습에 멈추고 보다
잠든 물안개가 구름 사이로 헤집고 나타난 해님으로
자신의 그림자에 깜짝 놀라 살며시 사라진다

강가 산기슭으로 사라지는 안개를 따라
나도 물안개 되어 햇살을 품어 같이 떠나고 싶다

지금과 같은 세월에 묻히길

2018. 12. 19

시간이 흘러가니 청춘이 흘러가네
청춘이 흘러가니 세월이 흘러가네
세월이 흘러가니 마음도 흘러가네

시간이 지금처럼 언제나 항상
나의 삶 속에 남아있지는 않으리

항상 그자리 그곳에 남아서
늘 함께 있으리라고
생각하며 보낸 시간들이
언젠가는 그러하지 않는 시간들로 다가오리라

언제인지는 아직은 잘 모르지만
지금까지의 젊음이 서서히 사라지는 것을

노년의 시간 속에서 바라보는 시간은
지금과는 어찌 달라져 있을지

지금 열심히 살아가는 그대와
열심히 살고 있는 우리는
아직은 그 세월을 느끼며 살고 있을 지어다

즐거운 시간과 행복이 아름다움으로 남아
지나온 시간과 청춘과 세월이
노년이 되어도 늘
지금과 같은 세월에 묻히길 기억하리

아침의 아메리카노 커피향

2018. 12. 23

동짓날 싸늘함이 옷깃을 헤치며
차가움이 아리게 스며서 들어오는 시간입니다

아리게 추움이 스며들어도
겨울의 차디찬 추움을 삭혀 주는
따뜻한 햇살이 비추어
포근하게 감싸 안은 상쾌한 아침입니다

상쾌함과 따뜻함으로
포근하게 내려앉은 주말 아침의 밝은 햇살은
카페에 고소함으로 스며드는

아메리카노 향기를 그리워하는 시간입니다

그 카페의 커피 향기는
산들바람을 따라 산모퉁이를 돌아 돌아
그리움으로 달려오는 향기는
사랑에 취한 나의 두 눈망울 속에 피어오릅니다

주말에만 온 몸으로 느껴지는
이 한적함의 여유로움은
언제나 기다려지는 행복입니다

여유로운 이 시간은
사랑하는 사람과 서로의 따뜻한 눈빛으로
바라보며 마주하는 시간

감미로운 커피의 향기로 사랑을 느낍니다

즐거운 성탄절 메리크리스마스!

2018. 12. 25

행, 행복함으로 물든

복, 복스러운 성탄절이야

하, 하루 하루를

고, 고운 마음으로 담아서 살아 보고자

아, 아침부터 사랑하는 사람과 커피를 마시는 아

름, 름다운 카페에는

다, 다들 좋아하는

운, 운명(the chance of love)이 울려 퍼지는 시간

메, 메리크리스마스!

리, 리어카로 산더미 같이

크, 크고 어마 어마하게 아주 많은 크리스마스 선물들을

리, 리스까지 하여 준비한

마, 마지막까지 선물을 배달해주고 힘들어 배가 고파

스, 스시집에 도착한 산타할아버지가 선물 배달에

성, 성공한 자신을 자축하기 위해

탄, 탄성을 지르며

절, 절레절레 절도 있는 춤을 추시고

축, 축하 만찬을 스시집에서 스시로 아주 맛나게 식사를

하, 하였습니다.
해, 해가 지고 밤이 오시더라도
요, 요기에 오신 분들 성탄절을 행복하게 보내세요

매년 12월이면

2018. 12. 26

12월 겨울이다
춥다
영하에 날씨가 아리게 스며드는 12월

12월은 추움의 시작
그리고 한해 마무리

잘 했을까?
지금까지 한해 동안 무얼 했는지

날씨가 추워서 추운지
한해 동안 하고자 하는
일을 이룰 수 없어 추운 것인지?

왜 이룰 수가
한해 동안 없었을까
게을러서, 능력이 없어서
아니 노력을 하지 않았을 게다

지나면 왜 그랬는지
그럴 수 밖에 없었는지
후회도 반성도 그리고 다짐도 해보건만

12월은 매년 오는데
12월이 올 때마다 춥다
그리고 그때마다 후회스럽다

내년에는 새해에는
그러지 않아야겠다고 늘 다짐하건만
매번 12월에는 항상 그 모습
매년 다가오는 12월은 항상 춥다

12월은
매번 다시 새삼 다시 느끼는 시간이다

기해년 새해 복을 기원하며

2019. 01. 02

여, 여기 오신 모든 분들께
　　행복하고 건강 하시기 바랍니다
　　또한 기해년 새해에는 모두에게 복 많이 받으시라고
러, 러브콜을 보냅니다
분, 분명한 건
　　저를 아는 모든 분들을
　　사랑하기 위한 마음 때문입니다
황, 황금 돼지해에는
금, 금은보화를
돼, 돼지만한 저금통에
　　가득히 채우는 한 해가 되시기 바랍니다
지, 지나간 어려웠던 시간 동안
　　채우고자 하였으나 채우지 못한 재물들을 이번 돼지
해, 해가 가기 전에
기, 기다리고 꿈꾸었던 모든 것을 취하시어 백 년
해, 해로하고 살아가시는 날까지 매
년, 년 풍족한 삶이 되시기를 기원합니다
파, 파란만장하게 지금까지 잘 살아온 인생살이를

이, 이 해가 가기 전에 파이

팅, 팅

하, 하시면서

세, 세월을 즐기시는 시간은

요, 요기에

　오신 분들만 이 모든 것을 느끼시기 바랍니다

밤하늘에는 별님 달님 내님

2019. 01. 05

밤
하늘에는 달님으로부터 달빛이

하
늘에서 달님은 구름 속에 잠겨
밤하늘은 온통 고운 색으로 내 눈에 잠깁니다

늘
달빛에 젖은 마음은
내 가슴속으로 다가와 그리움을 안겨주고

달
려가서 보고 싶은 마음만 간절한데

님
께서는 지금 달빛을 보고 있을지

166

별
빛은 따뜻함으로 빛나고
달님은 포근함에 졸리는듯 깜박이는데

님
생각에 그리움에 지쳐
겨울밤 하늘은 더 깊은 잠으로

내
려주는 달님과 별님이 보내주는 사랑의 빛은
보고 싶은 내님을 향한 그리움을 달래줍니다

님
생각으로 이 겨울 밤은 익어가고
그리움을 그리워하며 나는 잠들고 있습니다

세월은 그렇게

2019. 01. 07

어디쯤 가고 있을까?
내가 지금 가고 있는 길이
어디까지 걸어가야 하는 것일까?

한걸음 한걸음씩 걷던 시간은 세월이 되고
그 세월은 지금도 흐르고 있습니다
그래, 지금까지 힘들게 살아왔구나!

마누라가 유럽에 여행을 떠났다
둘째 딸내미와 오래간만에
모녀간에 자유 여행을 하기로 하였다
집에는 혼자만의 시간
퇴근 후 저녁식사를 준비한다
첫째 딸내미가 바쁜데도 불구하고
아부지 저녁밥 차려 준다고
빨리 퇴근하겠노라는 전화를 했다
첫째 딸내미가 대견스럽기도 하지만
기다려도 제 시간에 오는 적이 없다

저녁밥은 내가 차려놓고 딸내미를 기다린다

잠시 시간이 나에게만 멈추어주어
오랜시간 동안 동행하며 머무를 것 같았던
세월은 이제 얼마 남았는지 가늠하기가 어렵습니다
시간의 흐름 앞에 멈추어 주지 않는 세월을
부여잡고 지나간 수많은 아쉬움을
다시 되돌리고 싶은 미천한 생각을 하고 있습니다
그 이전으로 다시 회귀 할 수 있다면
후회스러운 시간을 만들지 않았으리라
지나간 시간을 다시 되돌려 논다고 해도
후회스럽지 않은 시간으로 보낼 수가 있었을까?
지나간 시간을 다시금 주어진다 해도
또 지난 후에는 다시 후회하는 시간이 될 터
후회스러운 삶으로
살아온 것이라해도 그시간은
아마도 최선을 다해 살아온 시간과 세월입니다

"아빠! 기다리라고 했잖아!"
"참 그리고 보니 딸래미가 저녁을 차려준다고 했지?
그러나 배가 고파서 기다릴 수가 없었어."
"그래서 내가 오지도 않았는데 먼저 먹었어?"
"아니?"

"차려놓고 네가 올 때까지 기다리고 있었지"

그래. 기다리는 거다
세월은 그렇게 기다리는 거지

꽃봉오리가 터질 때는
이 세상에 아름다운 모습과 향기를
보여주기에 바빠 꽃잎이 시들어가는 줄 모릅니다
꽃잎은 떨어지고 향기 없음을 느끼고서야
향기를 더 보여주고 느끼게 해주지 못해
회한을 느낄 때 이제서야 세월이 흘렀음을 알았습니다

꽃이 지고 아름다움과 향기가 사라진 후에야
나무에 열매가 열리는 것을

"아빠? 엄마 안 보고 싶어?"
"왜 안보고 싶겠니. 그러나 시차 차이로 전화하기도 좀
그래."
"그치만 엄마는 여행에 푹 빠져서 카톡도 잘 안 하네? 아
빠! 엄마가 연락을 안 해서 서운해?"
"아니? 혹시 여행 중 사고 나지 않았나 걱정이 돼."

세월은 기다리는 시간으로

다시금 새로움으로 다가와
그 과정에서 아름다운 추억들로 기억될 것입니다

카톡이 왔다

"여보. 맛있는 거 먹을 때마다 당신 생각이 많이 나네.
여행 보내줘서 고마워. 여행 중에 자꾸 당신 생각만 나네
요."

세월은 새로운 시간으로 새롭게 태어나고 있습니다

눈꽃

2019. 01. 08

동트는 새벽에 산에 올라
차디차게 불어오는 산바람을 맞으며
너를 보련다

추운 겨울 밤하늘의 별을 보며
밤새워 꽃을 피우기 위해
떨리는 가슴으로 아침을 맞이하는 너

눈꽃!

여명이 밝아오고 너의 모습을 바라다보니
떠오르는 햇살에 투영되어 빛나는
이슬 같은 너의 하얀 모습에 반하노라

바람소리에 깜짝 놀란 너의 모습
영롱한 보석 같은 네가 떨어질까 가슴을 졸이네

첫사랑 같은 너의 순백의 마음은

눈꽃으로 송이송이 아롱져서
반짝이는 모습이 너무나도 아름답구나

밤새 핀 눈꽃이 맑고 하얗게 물든 이 산야가
지금 내가 살아가는 세상이라서 참 좋구나

아침 햇살에 눈꽃이 녹아 내린다
떨어지는 그 모습, 첫사랑의 눈물이련가!

나의 사랑이 다가오려 합니다

2019. 01. 12

떠오르는 태양이
운무에 가려져 있어도
아침하늘을 온통 빠알갛게 물들이면서
아름다운 모습으로 젖어오는 것처럼 다가오려 합니다

찾아오는 나의 사랑은
눈을 감고 있어도
아니 잠을 자고 있어도
내 마음속으로 스며듭니다

어디서나 어느 곳에서나
매일 숨쉬고 있듯이
나의 애틋한 사랑은 다가와 앉습니다

나의 사랑은
갑자기 내리는 빗소리에 깜짝 놀라도
깜깜한 밤으로 무서움에도
밤하늘의 별을 보며 외로워해도

비바람에 마음이 흔들린다고 해도
어려운 사회생활로 힘들고 빈곤해져도
늘 그 자리에서 사랑을 속삭이며 살아가는

그런
사랑이 찾아올 것 같습니다

나그네 되어 떠나는 산행

가끔씩은 터질 것 같은 가슴을
다독여주고자 나그네 되어 길 떠나는 겨울산행
답답하고 무료하여 갈 곳을 모르는 마음
추스르는 데 더할 나위 없는 것이 산행입니다

나그네의 마음을 헤아려주는 곳이 겨울산행이라
답답한 가슴을 털어버리고 싶어 떠나는 곳
마음이 편안하게 숨쉬는 곳
나그네가 산행하는 이유일 것입니다

가슴을 열고 그 열린 가슴에 가득히
산속 나무와 바람과 돌과 흙들과의 교감
그리고 새들과 동물들의 속삭임
숲 속의 향기까지 담습니다

약간의 쌀쌀함이 온몸에 전해지고
얼음계곡으로부터 불어오는 시원한 바람이
답답한 나그네의 가슴속을 활짝 열어주는 것이

겨울산행의 묘미입니다

산행은 흥미롭고 즐거움이 넘쳐납니다
허기와 목마름을 위해 준비한
시원한 막걸리와 맛있는 안주가 주는 식도락은 덤입니다

뭐니뭐니해도 산행의 하일라이트는
하산의 즐거움과 하산주 생각하는 시간
갈 때마다 매번 느끼지만
산행은 나그네에게 즐거움과 행복의 시간

이 맛에 나그네 되어 다시 산행길에 오릅니다

내가 너를 기다리는 이 시간이

2019. 01. 15

그날인가?
어느 날 일거다
다릿발 밑으로 흘러가는
개울가 여울져가는 강물이
너무나도 처량하리만치 울고 흘러가는 날

나는 다릿발 위에서
달빛으로 물들어가는 밤에 묻혀
흘러가는 물소리를 가슴에 담아 보낸다

다양한 색상을
오선지에 음양으로
가슴속 깊은 곳에서 흘러나오는
심오한 시냇강 물소리에 음률을 느낀다

시골의 밤은 달빛이 밝게 비추며
잠들지 못하는 나의 마음을 감추지 못하고
밤하늘에 달빛과 별빛 너를 기다린 것을 아는지?

시골 달밤
시냇강 다릿발 위에서
길 나그네가 홀로 외로움을 느끼고
밤하늘에 달빛에 달님과 별빛에 별님이 보듬어준다

외로워하는
길 나그네 그 사람에게
달님 별님은 온몸으로 담는다

내가 너를 기다리는 이 시간이
그리움과 사무침으로 아파할 줄
달님이 산 너머로 사라진 후에 난 알았네

별님은
달님이 사라지자
별빛이 빛나는걸 알았어
정말 달빛이 비추어질 땐 진짜 몰랐지

밤하늘은
밤하늘이 속삭이는
사랑에 이야기를 달님 속 달빛
별님 속 별빛이 그리움과 보고픔으로
오늘도 시골길 다릿발 위에서 느껴보렵니다

세월은 나와 함께 흐른다

2019. 01. 27

남한강 강가 카페에서 보이는
겨울강 강물은 얼음 속으로 잠기고
보이지 않는 그 곳에서 숨죽이며 흐른다

하이얀 얼음 빙판 위
호수 주변에 보이는 먼 산에 겨울 산야가
추위에 움추리면

눈 속으로 스며들어 보이는
아름다운 시골강변 마을들도
얼음속에서 흐르는 강물의 소리를
그들은 소리 없이 먹으며 먹으며 삼켜 먹으며

강물이 흘러가는 것을
모든 이들이 잊고 있는 것처럼
시간도 흘러가는 것을 우린 모두가 잊은 채
세월이 소리 없이 흘러가는 것을 잠시 잊고 있었다

멈춘 듯 멈추지 않고
지나간 시간들이 지난 것임을 알지 못하고
알지 못함을 또 알지 못하는 우리 그리고
나는 지금 그 이유를 조금은 알 것 같다

기다리시게
내가 그 시간을 잠시
아니 영원히 멈추게 할 터이니
다만 나의 눈과 그 눈 속에 보여지는 시간이라네

세월이 흐르고 흐르면…

Part 4

같이 갈 수
있음에
행복합니다

2019. 02. 02 ~ 2019. 07. 27

겨울밤은 잠 속으로 빠져들고

2019. 02. 02

석양이 노을과 같이
서산으로 빠져드는데

그대여
가기를 멈추기를
간절함을 그리움으로 남는 시간

사그라지는
노을과 같이
하늘은 어둠으로 잠긴다

석양을 먹어버린 서산은
배부름에 잠을 청하는데

노을이 잠시 머물렀던
서산에 걸쳐진 구름 사이
별빛이 하나 둘 어두운 그림자를 지운다

마음은 아직 노을인지라
구름에 가려진 하늘 밤
별빛으로 서산으로 사그라진 석양을 대신하는데

겨울밤은
석양을 먹으며
한잠을 푹 자고 일어나면
건강한 모습으로 새로운 세상은 밝아오리라

매일 매일이
행복함을 꿈꾸며
겨울밤은 잠 속으로 빠져든다

그대라는 꽃

2019. 02. 23

그대는 나의 꽃
나는 오직 그대만을 바라보며
나의 마음에 그대의 꽃 향기를 담습니다
나의 마음속에
흐르는 그대의 꽃 향기는
시간이 흐르고 흘러도 옅어지지 않습니다

그대는 나의 꽃
내가 홀로이 잠든 시간에도
그대는 나의 곁에서 다시 피어나고
내가 깨어나는 시간에 그대는 환하게 다가옵니다

하지만 그 꽃은
혼자만의 힘으로 피어나는 것이 아닙니다
내가 그대의 영혼에 숨결을 불어넣기에 가능합니다

그대는 나의 사랑
그대를 보고 싶다는 말은 안 해도

내 마음속으로 가득히 전해오는 그 느낌이
나의 텅 빈 공간을 그대가 가득 채우고 있습니다

그대의 꽃은
나의 눈 속에 가득 채우고
그대를 보고 싶은 내 마음을 담고 있습니다

그리움에도
향기가 있다면
나는 그 향기를 맡으려
내 가슴을 크게 내밀어 맡아보고 싶습니다

코 끝에서
느껴지는 꽃 향기는
그대의 섬세한 사랑이었는지를 알 수 있습니다

나는 눈을 감고도 느낄 수 있습니다
그대가 보내는 사랑이 담긴 꽃 향기를

봄날의 그대여

2019. 02. 24

봄날에도 매일
보고 싶지 않은 날이 있을까
또 하루가 지나기 전에
그립지 않은 시간이 있을까

문득 보고프면 보고프다 말하여야지
그러다 그리우면 그리웁다 말해야지

이젠 보고플 때 그대가 그립다 싶을 때에는
몹시도 보고프고 몹시도 그리울 날엔
나는 그대가 살아가고 있을 것만 같은 하늘을 보네

그대는 지금 이 시간
오늘 하루 얼만큼 내 생각을 하고 있을지
그대는 지금 이 시간
얼마나 나를 보고 싶어하고 그리워하는지

나는 지금 이 시간

그대를 보고프고 그리워하는
시간을 보내는 오늘이 있어 행복합니다

나는 지금 이 시간
그대를 생각만 해도 행복하기에
그대가 있어 얼마나 즐거운지 모릅니다

지금껏 지내오면서
누군가를 보고파 하며
그리워하는 시간이 있기에
이렇게 살아가는 시간이 행복하답니다

지금 그대는
기다림에 지친 나에게
보고픔에 지친 나에게
그리움에 지친 나에게
이제 추운 겨울이 떠나가면
그대는 따사롭게 다가올 봄날입니다

나는 그대에게 사랑한다고 말하면
눈웃음으로 화답할 것 같은
그런 그대를 그리워하며 보고파 하며
봄날의 그대를 항상 기다리며 살아가렵니다

봄내음

2019. 03. 09

그대가
다가오더이다
아침에 일어나면서부터
그대가 오는 소리가 들리더이다

귀 기울여 바람이 지나칠 때
그대의 향기가 담긴
속삭이는 소리를 들어 보렵니다

그대의 향기가
바람소리와 같이 묻혀
나의 코끝으로 스며들어
가슴속 깊은 속삭임으로 다가오더이다

온통 하늘이 먼지에 갇혀있어도
집 앞 정원에는 나뭇가지마다
어느새 통통한 물오름이 보입니다

그대의 향기는
고이고이 담고 담아서
흙 냄새가 가득한 나의 집 앞
정원 화단에나 정성 들여 심어 볼래요

그대의 향기가
변하지 않는 것처럼
지나가는 세월도 변하지 않으며
그대와 언제나 바람과 같이 가더이다

그대가 그리워서
기다리는 시간을 붙잡고
차마 못 버린 정으로 안타까워할 때
끝내 버리고 가는 세월은 언제나 바람 같더이다

그대가 잠시 머물다가는
시간은 그래도 즐거웠다오
함께 같이 한다는 게 좋았지라요
이제는 바람만 불어도 그대를 생각하더이다

그대가 떠나감을
까닭을 물어보지는 않을라요

아직도 내 마음 속에
그대가 영원히 남을 수 있다면
언제나 창문으로 바라다 보일 수 있는
나의 집 앞 정원에다 정성껏 심어볼라요

그대가
나에게 주는 사랑이
너무 감사함에 나 또한
사랑으로 보답하고자 그러하더이다

바람이 속삭이더이다
떠나려는 봄내음을
떠나지 못하도록 잡아놓으라고 하더이다

어디로 가고 있는지

2019. 03. 16

바라다 보아도 보이지 않음으로
눈을 감고 있지 않는데도
보이지 않음에 그는 아파합니다

그의 눈으로 보여지고 투영되는 모습은
맑고 깨끗한 세상을 보고 싶다는 것
보여지는 이 세상도
자욱한 구름 속에서 허덕이고 있음을

깊은 산야가 동트기 전
한적함이 감도는 시골마을에
뒷산 산등성이를 휘감아 돌아 나오는 안개는
계곡물에 흠뻑 젖은 듯 개울가에 물기 서린 모습

아마도 그들은 아침 잠에서 일어나
개울물에 세수하고 나온 모습이거늘
자욱함이 휘감기는 모습들이
산중턱에 덩그러니 걸려 있어

지나가는 구름위에 산야가 떠가네

가고자 하는 길
그 길이 보여지다 사라지다 한다
어디로 가야 할 지 가늠이 되지 않는데

눈이 있어도 보이지 않는 세상
길이 있어도 보여지지 않는
이 세상은 어디로 가고 있을까?

눈을 뜨고 있어도
흐려서 볼 수 없는 세상이거늘
보이지 않아서 길 잃은 눈 뜬 장님이라

지금은 보이지 않지만
언제인가 깨끗함으로 보여지는
이 세상을 조금 더 기다려 보아야겠다

눈을 감아도 그려지는 세상
눈을 뜨지 않아도 마알갛게 보이는 세상
그들에게 찾아 오는 평온한 세상이 조금씩 다가오리니

3월 봄날에는

2019. 03. 19

어제보다 오늘 그리고 내일
더 포근해지는 따뜻한 봄날입니다

나뭇가지에서
이름 모를 새가 지지배배 웁니다

따뜻한 햇살을 즐기려는 새의 무리들은
오동통 물 오른 나무줄기에 앉아
자나가는 나그네들을 소리 내어 반겨줍니다

봄이 오는 소리 이름 모를 산새 소리가
양지바른 산기슭 숲 속에서 들려오고
꽃봉오리가 터질듯한 철쭉은 봄기운이 넘칩니다

머언 산 골짜기마다 차가운 계절을 견디고서
뜨거운 핏줄을 타고 오는 봄기운은
이제 가쁜 호흡을 몰아쉬면서 다가옵니다

발 아래 밟히는 대지에는 솟아오르려는
수많은 풀들의 함성이 들립니다
그들은 모두가 손과 손을 잡고서
볼과 볼을 비비고 문지르며
의지한 채 체온을 높여서 길을 열고 나옵니다

모두가 염원하고 하고픈 것을 이루고자 함은
꽃피는 봄을 기다리는 탓이리라

새는 새들대로 지저귀고
사람은 사람대로 살아가고
강물은 강물대로 모여서 가듯이
머언 산은 먼산대로 물오름에 흠뻑 젖어듭니다

그들은 그들끼리
우리는 우리들끼리
나그네는 나그네들끼리
이 봄날을 기다리며 살아갑니다

봄 산책길

2019. 03. 23

한강변 언 땅이 녹아
따뜻함이 스며든 지 어언 한 달 남짓
파아란 새싹은 소리 없이 솟아나고
산책로 양지 바른 숲길에는
개나리 가지 마디마디에 꽃망울이 터진다

숲길에 잠시 멈추어
너를 바라보는 이 시간이 좋다
나는 너를 눈 속에 담고
꽃은 나의 눈 속에 들어와 앉는다
나는 한참이나 그 꽃을 바라보고
그 꽃은 내 눈 속의 자기를 보고 웃는다
그 웃음 속에 꽃 향기를 담뿍 담는다

숲길 한강은 바람 불어 넘실넘실 흐르고
강물 속에 보이는 숲길의 모습은
봄나들이 즐거움에 기분이 좋아서 춤을 춘다
산책길은 따뜻한 향기로 온몸이 흠뻑 젖어든다

봄비 내리는 날

2019. 03. 30

넘실대는 한강의 물결이
지금의 내 마음 같아라

봄바람은 구리암사대교 밑으로 불어와
은빛 물결을 일으키며 부딪히고 사라지고

수양버들이 흔들리는 강가
비 내리는 산책길을 걸어가는
나그네가 받쳐든 우산 위로 봄비가 내린다

떨어지는 빗물은
산책길 사이 숲 속으로 스며들고
숲속에선 기분 좋아라 피어나는
개나리와 벚꽃이 함빡 웃으며 반긴다

대지는 촉촉히 젖어가고
가지가지마다 터져 나오는
연록색의 나뭇잎들이 바람결에 춤을 춘다

봄바람은 봄비 내리는 소리와 같이
그리움으로 기다리던 나그네의
가슴에 들어와 따뜻함으로 감싸준다

봄비는 내리고
봄 빗소리에 젖어서
강변을 바라보는 나그네의 마음도
촉촉함으로 함께 젖어든다

봄날이 나의 눈 속에

2019. 04. 21

종달새가 아침을 깨우며
솔내음 향기가 불어오면
봄날이 안경너머에서
나의 눈 속으로 들어와 앉아

봄날은 늘 같은 계절임에도
매년 다른 느낌으로 다가옵니다

미세먼지로
그리 맑지는 않지만
예년같은 모습의 너를 바라보며

파아란 하늘이 내어준 맑디맑은 햇살
따뜻함이 푸른 초원을 살찌우고
대지의 깊은 곳
양분을 머금은 뿌리는
양질의 수분을 끌어모아
저 힘찬 푸르른 소나무를 만듭니다

파아란 하늘에 저 멀리 흘러가는
하이얀 뭉게구름들은
불어오는 봄바람에 어디로 흘러갈까?

숲내음을 흠뻑 담은 초원에
한낮에 한가롭게 스며드는
봄날의 모습을 보며 행복을 담습니다

산벚꽃 지고 난 후

2019. 04. 28

산벚꽃이 봄비 내린 후
하이얀 꽃잎을 떨구며 사라진 후
산벚나무 옆자리엔
산철쭉이 맑은 속살을 보이며 웃습니다

네가 웃어주기에
내가 너를 보며 따라 웃습니다
네가 예쁜 모습으로 나를 바라보니
너의 아름다운 예쁜 모습에 나는 빠져듭니다

너의 맑은 모습과
이쁜 미소를 머금은 꽃잎으로
빠알갛게 나의 마음을 물들이려 합니다

이쁜 꽃잎을 펼쳐 속살을 보이며 함박 웃는
너의 그 미소가 사랑스럽습니다

빠알갛게 네가 웃기에

내 마음도 빠알갛게 물들어갑니다

바보처럼 헤벌쭉한 모습으로
한참 동안이나 너를 보고 있으니
바라보는 동안 행복한 마음이 밀려옵니다

시간이 지나고 나면
꽃과 꽃잎을 하늘 바람에 실어
사라져가고 없어질 너의 모습들이
아름다운 추억으로 남아 있을 것 같습니다

네가 사라지더라도
나에게 전해진 너의 모습들로
너의 웃는 그 미소를 지울 수가 없습니다

다시 한번 너를 바라봅니다
산야에는 너의 미소 향기가 되어 감돕니다

사랑하고 또 사랑하면

2019. 05. 05

어느 날인가
문득 그 사람이
내 앞에 내 눈에 들어와
멋진 모습으로 보여지는 것은
내가 너를 멋진 마음으로 바라보는 것이리라

꽃이 향기를 품어
좋은 향기를 느끼게 하는 것은
내가 그 향기를 좋아하는 마음 때문이요

내가 좋아하는
향기 있는 저 꽃들이
내 마음속에 아름답게 보이는 것도
내가 그 꽃들을 아름답다고 생각하기 때문이지요

멋지지 않더라도
멋지게 보이면 될 것이요
좋은 향기가 아니더라도

그 향기를 좋아하는 내 마음이기에 가능합니다

꽃들이 모두가
아름답다 하더라도
내가 아름답게 보지 않는다면
그 꽃은 향기가 있는 아름다움이 없음이라

바라보는
나와 너의 맑은 눈속에서
비쳐지고 투영되는 모든 것들이
멋지고 향기 가득한 아름다운 모습들이기에

사랑하고
또 사랑을 하면
모두가 다 아름다운 세상으로 보이는가 봅니다

5월이 또 이렇게

2019. 05. 12

파아란 하늘이 아니라
오늘은 은백색의 하늘이건만
그래도 먼지 많지 않은 맑은 날입니다

바람결에 나뭇잎들은
서로가 서로를 부비고 애무하며
따뜻하고 포근한 한낮에 한적한 시간을 보냅니다

햇살은 나무와 나뭇잎 사이로
보이다가 사라지다가 다시 비추는
연초록색 나뭇잎 사이로 기분 좋게 춤을 춥니다

5월 따뜻한 한낮에
햇살의 따가움을 피하려
나뭇잎 그늘에서 그들을 바라봅니다

그들은 즐겁고 흥에 겨워서
춤을 추고 있는 나뭇잎들의 향연을

바라보고 있는 나그네의 눈가에는
즐거움에 행복한 미소가 사르르 피어납니다

자연이 주는 즐거움에
기분 좋은 산바람까지 불어옵니다
나뭇잎 사이를 스치고 가슴으로 다가오는
바람과 바람소리는 나그네의 마음을 울립니다

5월은 또 이렇게 다가왔습니다
연녹색의 잎새들 사이로
지저귀는 이름 모를 산새 소리가 들려옵니다

내리는 비를 보며 끄적이다

2019. 05. 19

빗소리가 아침을 깨웁니다. 그동안 기다리고 기다리던 주말 산행모임인데 빗소리에 접어야 합니다. 비를 맞으면서 산행하는 것도 괜찮지 않을까? 잠시 갈등도 했지만 창 밖으로 보이는 무겁게 내려 앉은 회색빛 하늘과 굵어진 빗줄기에 마음 완전히 내려놓습니다.

내리는 비를 하염없이 바라봅니다. 비가 오면 생각나는 사람이 있습니다. 그 사람. 비가 오면 생각나는 그 사람. 심수봉의 노래 가사처럼 비가 오면 생각나는 그 사람입니다.
무심한 듯 바쁜 생활에서 비가 오면 그 사람 말고도 생각나는 많은 것들이 있습니다.

빗소리도 창가에 내리는 빗방울도 마음 속에서 기다리는 그 사람도 아닌 막연한 누군가를 생각나게 하는 것인지도 모르겠습니다.
산행 대신 추억 속의 그리운 이들을 떠올리며 옛 추억 속으로 달려갑니다. 창 밖의 비는 그칠 줄 모르고 내립니다.

봄날 오후의 커피 한잔

2019. 05. 23

노력과 고행이 시간 속에 억눌리며
열정적인 노동의 흐름이 도시에 흐른다
사고의 상념이 깨끗한 파란 하늘이었다면
더욱 깊고 높고 넓은 이치를 볼 수 있을까?
너무 깊은 상념으로 높고 넓은 곳을
미처 볼 수 없었던 건 아닌지
한낮의 따사로운 햇살이 빌딩숲을 파고들어와
사무실 창가까지 내려와 앉는 오후
걷고 있다는 느낌이 육신에 전달됨을 느끼니
건강하게 이 도시에서 살고 있음에 감사한다
하던 일 잠시 멈추고 골목 어귀 예쁜 까페에서
시원한 아이스 아메리카노 커피로 기운을 얻는다

햇살의 사랑 고백

2019. 05. 26

태양이 주는 따사로운 햇살로
강한 에너지를 대지에 품으며
한낮 햇살은 물결 위로 수직으로 내려와
수평선에서 잠시 휴식

따가운 햇살이 수평선 물결 위에서
편안하게 휴식을 가지는 사이에
바위에 부딪혀 부서지고 사그라지는 물결은
일렁이는 바람결에 춤을 춘다

새털구름 사이로
내려오는 햇빛은
시원한 바람에 잠시 몸을 식히고
파아란 물결 위에서
햇살과 바람은 사랑에 빠진다

반사되는 물결이
더운 숨을 몰아 쉬며

햇살을 받아들이느라
반짝이며 땀방울을 식히는데

햇살이 살랑이며
불어오는 바람에게 속삭인다
오늘 같은 날
너를 사랑하고
너를 좋아하게 됐다고…

지금 이 시간이 행복하다고

2019. 06. 04

시간이 흘러가더이다
지나간 세월의 길이만큼 흘러간 시간 동안
성숙해지는 것이 인생이더이다
세상에 태어나 주어진 인고의 시간 동안
어깨에 짊어지고 살아가야 할
인생인 것이 신이 주신 숙제이고 운명이더이다

신이 주신 어려운 난제들을
혼신의 힘으로 풀어가려 하다 보니
고뇌와 아픔의 시간이 많아지더이다

세월의 무게를 느낄 수 있다는 것은
풀리지 않는 번뇌의 시간 속에 살기 때문이더이다

아픔의 시련들이 세월의 시간에 삭혀져서
고뇌의 뒤안길로 다가와
고통의 아픔으로 다시 태어나는 시간이더이다

아픔과 고뇌로 인해 더 나은 새로운 자아를 찾고자
수많은 번민과 고통 끝에 편안함도 찾아오더이다

혹독한 고행으로 어렵게 견딘 세월이라
지금 이 시간이 행복하다 말할 수 있음이더이다

시골의 여름

가뭄으로 지쳐있는 산야
산등성이 넘어 산비탈을 껴안고 돌아 나오는
구름 속에서 태양이 잠시 쉬어가는 시간

대지의 깊은 곳까지 갈증으로 헉헉거리고
마을 어귀로 흘러 내려오는
적어진 개울물을 바라다보는
시골 농부의 마음은 까맣게 타들어가네

목마른 송아지가 앞마당을 가로 지나
바닥을 드러낸 개울가로 뛰어가 목을 축이다가
송사리 떼에 깜짝 놀라 움츠리는데

지나가는 태양의 속살이 너무 뜨거워
새털 뭉게구름이라도 지나가 주기를 갈망하지만

집 뜰 뒤란에는 점박이 들고양이가
멍멍이 밥을 몰래 훔쳐 먹다가 줄행랑을 치고

달아난 곳을 보던 멍멍이는
밥그릇을 한참이나 보다가 체념한 채
장독대 옆에서 졸린 눈을 껌벅이다가 잠이 든다

6월 한낮 오후 시간이
적막한 시골마을에 흐르고 있네

비가 내립니다

2019. 06. 07 _ 01

비바람이 불어와
나뭇가지 가지마다 잎들이 몸을 흔들고

빗방울이 나무 잎새 위에 닿자마자
그것이 버거운지 잎새들은 털어내고

나뭇잎들이 파르르 떠는 모습에
바라보는 내 눈가도 파르르 떨립니다

숲 속 들꽃에도 빗물이 떨어져 내리자
들꽃 잎새도 파르르 흔들리고

꽃잎이 흔들리자 아침을 열심히 준비하던
꿀벌들이 파르르 날아오릅니다

나그네의 어깨 위에도 빗물이 내려앉습니다
마음에도 파르르 파문이 입니다

참 어지러운 세상

2019. 06. 07 _ 02

지도자의 부재다

터지는 감정을 억누르고 버텨 보려고
눈꼴 사나움을 보지 않고 지내보려고
쓰레기 같은 말을 듣지 않고 감내하려고 하여도

부아가 치밀어 오르는구나

우리 모두가 최선을 다한다 하더라도
세상 흐름은 그렇지 않는 현실

이 세상 잘난 사람이 누구이며
못난 사람이 누구인가
그 사람이 저 사람이고
저 사람이 그 사람이지

새로움을 만들어 줄
참신한 리더는 없는 걸까?

감기 조심

2019. 06. 07 _ 03

화끈거리는
낯빛의 그림자가
어지러운 머리 속을 감돌아

울렁거리는
가슴 메슥거림은
나른함으로 전신에 퍼지고

콜록거리는
기관지의 간지러움은
변형되어 울리는 목울림 소리

훌쩍거리는
콧물은
독감이 찾아온 벨소리

감기 조심하세요

여름 아침 풍경

2019. 06. 08_ 01

창가로 들리는
지저귀는 새소리가
하루에 아침을 알립니다

정원에서 풍기는
소나무 내음이
진한 향기를 전해옵니다

맑은 하늘에
따사한 햇살이 내려
따뜻한 하루가 시작됩니다

베란다 한 켠에
화분 속의 화초들은
창문 사이로 들어오는
바람에 즐거운지 춤을 춥니다

아침을 깨우던

맑디맑은 새소리는
다양한 아름다운 소리로 지저귑니다

창문을 열자
시원한 바람이 반깁니다

새들의 웃음소리
정원 솔향기
춤추는 베란다 화초들도
따뜻한 햇살 속에서 익어갑니다

삶의 과정

2019. 06. 08_ 02

동반자이기에
느끼지 못했던 것을
늘 그러기를 바라는 것처럼

관심을 가지는 것이
가까이에서 바라만 보는 것이
아니라는 것을 아는 건 시간이 필요합니다

관계라는 것이
그냥 만남이었다는 것으로
생각하는 것도 아니라는 것을

같은 곳을 바라보고
같은 길을 걸어가는 사람들이라면
많은 생각과 고민으로 이어진 인연인 것을

잘 알고 있음에도
잘 알지 못하고 있어도

새로운 것을 알아가는 사람들이기에

좋은 것도 나쁜 것도 아닌
우리가 살아가는 삶의 과정입니다

그런 삶 속에서
살아가는 환경으로
최선을 다하는 모습이 아름답습니다

바라다보는 곳이
모두가 같은 곳이기에
같이 갈수 있음에 행복합니다
원하는 것을
얻지 못할지라도
동행할 수 있는 사람이 있고
관계할 수 있음에 감사할 뿐입니다

하루의 끝

2019. 06. 09

서산으로 해님은 사라지고
노을 진 석양 아름답게 물들이며
그림자를 드리우는 밤
석양의 감흥이 사라지지 않은 밤하늘
반짝이는 별들이 하나 둘 보인다
별 하나 별 둘 그리고 밤하늘에는 달님
아득함으로 고요하게 물든 밤
정적만이 흐른다
오늘밤도 시원한 바람이
가슴으로 스며드는 시간
반짝이는 별들 속에
별똥별들이 소리 없이 다가오고 사라지고
달님도 구름 속에 잠기는데
별들도 조용히 잠이 드네

철새들의 비상

2019. 06. 15

하늘을 비상하듯 철새들이 날아갑니다
이동하는 모습은 하늘에 이쁜 그림을 그려주고
같은 방향 같은 생각으로
같은 곳으로 이동하기에
그 모습들은 하나 둘 점과 점들이
선을 그리며 발자취를 남깁니다
철새들이 가야 하는 곳은
늘 꿈꾸던 그곳이어서
그 곳엔 새로운 희망이
행복된 시간이 있기에
그들은 작은 꿈들을
가슴에 담고 날아갑니다
멋진 아름다운 세상
행복한 시간이 기다리는 곳
행복한 그 곳으로
오늘도 힘차게 날아올라
꿈을 담으려 철새들이 날아갑니다

해 저물녘 공원 풍경

2019. 06. 20

따갑던 햇살이
서산으로 기울고
공원 벤치에는 잔잔한 바람이 불어

산기슭에 나무들이
시원한 그늘을 만들 때면
풋풋한 숲내음이 가슴으로 스미는데

떡갈나무 아래에는
산꿩들의 속삭임이 정겹다

잣나무에 오르다
연인들의 속삭임을
청솔모가 부러움에 꼬리를 세우는데

공원 벤치에는
외로움을 가득 담은
나그네가 앉아 그리움을 삭인다

지난 시간을 돌이켜볼 수 있는
한적한 시간을 가질 수 있어서 좋다

뉘엿뉘엿
산 너머로 해가 질 즈음에
공원 벤치에 나그네 떠나면

산 너머 가던
지나가던 해님이
서산 하늘에 노을빛을 수 놓을 사이

한적한 공원에는
지친 하루가 지나가고

떠나간 나그네 뒤안길에
아름다운 노을빛이
공원 산책길에 그림자를 드리운다

시작된 하루

2019. 06. 22

나뭇잎이
바람에 흔들림은
상큼한 아침을 반기는 몸짓

주말 아침
구름 한 점 없는
파아란 하늘이 반겨주고

버스에 앉아
창문 사이로 들어오는
시원한 바람이 상쾌하다

한들거리는
가로수 나뭇잎들이
투영된 햇빛에 반짝이고

한가로움이
담뿍 묻어나는

실개천 둑방길에
산책하는 사람들 모습이 정겹다

정겨움으로
행복을 찾아가는 사람들

힘찬 발걸음으로
긍정 에너지가 넘쳐나는
즐거움이 시작되는 오늘 하루가 되리

한여름의 시작

2019. 07. 12

7월
여름은 서서히 익어가고

여름비가 내리자
잠시나마 시원함을
가져다 주는 도심의 시간

비구름이 먼 길을 재촉하며 사라지고
맑은 하늘이 열리며 해님이 웃는다

뜨거운 햇살은 도시에 바삐 내려와 앉고
바쁜 일상은 도심 속에 흐르는데

하늘에 흘러가는 뭉게구름
햇살에 투영되는 모습 아름답다

햇살은 따스한 여운으로
더운 옷으로 갈아입고

한여름의 시작을 알리는 시간

회색빛 콘크리트 건물 속에
시원한 여름으로 보내고픈
도시의 나그네가 바쁜 일정을 보낸다

아마도 마른 장마 지나면
이제 여름 장마가 오리니

이제 얼마 후
이 시간이 지나고 나면
무더운 여름이 다가오리라

기다리고 기다리던
즐거운 여름 휴가도 다가오리니

남산 둘레길의 정취

2019. 07. 14

흘러간 시간을 세월이라고 하지

오랜만에 찾은 남산 둘레길
오래 전 어렸을 때 기억이
아련하게 남아 눈앞에 아른거리네

옛 기억은
조금씩 되새김질 되건만
그때 그 느낌은 아닌 것

한옥마을이라
옛 선조들의 향수가
풍요로운 아픔이 묻어남은 왜일까?

머슴의 흔적들이 남아
고풍스럽다고만 할 수 없음이지

아픔이 담긴

옛날의 문화가 낯설다

N타워로 가는
케이블카가 고장이라서
다음을 기약한 채

걸음 옮기니 둘레길 울창한 나무 숲 속
아름다운 들꽃이 나를 반긴다

또 하루를 살아내며

2019. 07. 16

어젯밤 내내 자장가를 들려주던 밤새 내리던 빗소리가 꿈결 인 듯싶었습니다. 아침에 일어나자 꿈결속에서 들려오던 자 장가소리는 사라져버렸습니다.

다만 맑은 창살사이로 스치는 밝은 아침을 깨우는 바람소리 가 들립니다. 차창가로 불어오는 바람소리는 차량들 사이 솟구치는 물보라소리로 출근길에는 아름다운 음악이 되어 흐릅니다.

한낮에는 변덕스러운 날씨라 구름사이로 햇살이 비추다 사 라지고, 길가던 나그네는 갑자기 내리는 소나기에 어찌할 바를 모르다 옷깃을 적십니다.

하루 해는 서산에 기울고 무덥지 않은 오후의 빈 시간, 하루 에 아쉬움인지 시원한 바람이 불어옵니다.

저녁 시간이 무르익어 이제 쉬어갈 즈음, 하나 둘씩 조명 불 빛이 사라집니다.

밤은 깊어가고 그리고 또 다른 꿈꾸는 밤.

그대는 아는지

2019. 07. 18

그대는
항상 내 안에
그리고 그 속에서 쉼을 가진다

그 속은
그리 밝지 않은
답답함이 가득한 곳일지라도

내가 알고 있는
내 맘속의 내 안은
그 어디보다도 따뜻하다 하겠다

그대가 바라보는
내 가슴속 내 안에는 어떤 느낌일지는

그대는 알까?

그대는

아마도 모를 것이다
아직도 모르고 있었을 것이야

내 안에
그대를 생각하는 마음이
가득 차서 어찌할 바를 모르는 것처럼

그것은 관심이라고
그리고 늘 가지는 배려라고
그대를 좋아하기에 가능한 것이라고

이제는 그리도
가슴 아프게 사랑하는 마음을
그 마음을
그대에게 보여주고 싶다

아직도 내가
사랑할 수 있는 사람들에게
간절히 보내고 싶은 진정한 마음 뿐인 걸
그대는 아는지

상념이 강물 되어 흐르고

2019. 07. 19

나의 마음 속에
상념이 강이 되어 흐릅니다

흐르는 곳
흐르다 다다를 곳
다다르면 받아줄 그 곳이
어디인지는 모르지만 흘러갑니다

바람이 서편 하늘에서 다가와
마을을 지나서 어디론가 사라져도
구름이 햇살을 받아
하늘에 온통 새틸을 뿌리며 지나가도

계곡에 개울물들이 모여서
샛강으로 편안하게도 흘러가지만
걸어가는 나그네의 발길에는
무거운 침묵만이 흐릅니다

어려움은 또 다른 기회이기에
힘들고 어려워도
아픈 고난의 길이라 하더라도
새로운 꿈을 꿀 수 있음에 행복합니다

우리네 인생길을
따뜻함으로 달래주고
그 고단함을 잊지 말아야 할 것입니다
오늘도 우리 마음속에 상념의 강물은 흘러갑니다

시골마을의 아침 풍경

2019. 07. 23

하루는
동녘에 떠오르는
햇살과 함께 시작됩니다

산야에 걸친
아침 안개가 사라질 즈음

시골마을
토담길옆 오두막집
초가지붕 위로 아침밥 짓는
연기가 모락모락 피어 오르고

깊은 계곡에서
짖어대는 멍멍이 소리가
한적한 산골마을 아침을 깨웁니다

논물 보러 가시는
건넛집 할아버지께서

한복적삼 바지 옷깃을 이슬에 스치며
오늘도 온 동네를 휘돌아 가십니다

아침밥 준비하던
옆집의 새댁이
어렵사리 아침상을 준비하는 사이

파아란 하늘이
뭉게구름 사이로 열리며
햇살은 내려와 거기에 앉습니다

내려와 앉은
그곳에는 밝은 빛줄기가
구름 사이로 햇빛 강이 되어 흐릅니다

아침 이슬을 머금은 맑은 물소리는
시골길 논둑 사이로 울립니다

맑은 물은 샛강으로 흐르고 흐르다가
목마른 나그네의 목을 축여줍니다

잠시 시간이 멈춘
고요하고 한적한 시골에는

오늘도 하루가 평온하게 흘러가고

지나간 날들
다시금 다가오는 날들이
새로운 희망과 삶을 살아가게 합니다

지금까지
지내온 수많은 시간들
아쉬움이 없었듯이 늘 그렇게 흐릅니다

기쁨과 슬픔의 장맛비

2019. 07. 27_ 01

비가 내린다
지난 며칠 장맛비가 내렸다
그렇게 내리던 비가 오늘은 그치려나 보다

장맛비는 그치다 내리다가 반복되는
한여름 장마철 현상

시베리아에서 내려온 차가운 고기압과
남태평양에서 따뜻한 수증기를
머금고 올라온 저기압이 만나면 생성되는 비

멀리서 살다가 살다가
보고 싶어 찾아온 너희들인데
오랜만에 만나 어찌 반갑지 않을 수 있겠는가!

일년 동안 기다리다가
오랫만에 만나서 기쁨에 흘리는 눈물이거늘

만나서는 기쁨의 눈물
다시 헤어져야 하기에 흘리는 슬픔의 눈물
그래서인가 내리다가 그쳤다가를 반복하나 보다

이제 곧 헤어짐에
슬픔의 눈물을 흘리고 나면
당분간 눈물을 볼 수 없으니
한동안 비가 내리지 않으리라

너희들이 떠나고 나면 그자리엔
한동안 뜨거운 햇살이 함께 하리라
뜨거움이 지속되고 나면
아마도 너희들이 보고 싶고 그리워지리라

자연이 주는 행복

2019. 07. 27_ 02

빗물이 숲길을 돌아 돌아
모이고 모여서 계곡으로 흐릅니다

숲길에는 산새들의 지저귐도
흐르는 물소리에 스며들고

산과 산, 계곡과 계곡의 물소리는
하이얀 물보라를 치며 흐르는데

산야에는 흘러가는 물소리가
계곡으로 불어오는 바람소리와
아름다운 하모니로 노래를 부릅니다

숲내음이 물씬 풍기는 숲 속에
물안개가 계곡을 타고 오르다
힘이 부치는지 나뭇가지에 걸터앉아
숲내음을 음미하며 잠시 휴식을 취합니다

나그네는
넓은 바위와 돌 사이로
흘러내리는 계곡물을 바라다 봅니다

잠시 시간이 흐름을 잊은 채
또 다른 새로운 시간을 보냅니다

이렇듯 늘 편안한 마음은
행복한 시간이 됩니다

2015. 11. 02 ~ 2019. 07. 27

괜찮다 1

2021년 8월 23일 초판 1쇄 인쇄
2021년 9월 1일 초판 1쇄 발행

지은이　　탁승관
펴낸이　　김혜라

디자인　　최진영
교 정　　김서연

펴낸곳　　도서출판 상상미디어
주 소　　서울시 중구 퇴계로30길 15-8, 5층(필동, 무석빌딩)
전 화　　02-313-6571~2
팩 스　　02-313-6570
ISBN 978-89-88738-84-9(13800)
값 14,000원